Made in the USA
Monee, IL
07 July 2026

56550601R00142

شُرفة العار

إبراهيم نصرالله

شُرفةُ العَار

رواية

بسم الله الرحمن الرحيم

الطبعة الأولى: 1431 هـ – 2010 م
الطبعة الثانية: 1432 هـ – 2011 م

ردمك 978-9953-87-908-6

عين التينة، شارع المفتي توفيق خالد، بناية الريم
هاتف: 786233 – 785108 – 785107 (961-1+)
ص.ب: 13-5574 شوران – بيروت 1102-2050 – لبنان
فاكس: 786230 (961-1+) – البريد الإلكتروني: bachar@asp.com.lb
الموقع على شبكة الإنترنت: http://www.asp.com.lb

إن الآراء الواردة في هذا الكتاب لا تعبر بالضرورة عن رأي الناشرين

تصميم الغلاف: الفنان محمد نصر الله

* يشير تقرير التنمية البشرية للأمم المتحدة للعام 2009 إلى أن عدد ضحايا (جرائم الشرف) في العالم سنويا هو 5000 امرأة؛ وفي الأردن، حيث كُتبت هذه الرواية، تشير الأرقام الرسمية إلى وقوع 15 إلى 20 جريمة قتل سنويا؛ وفي الجوار، يشير تقرير الأمم المتحدة للتنمية الإنسانية العربية 2009 إلى أن عدد جرائم الشرف (الإحصائيات المتاحة) في مصر كان 52 جريمة في العام 1995، وفي العراق 34 جريمة في العام 2007، وفي الأردن 28 جريمة في العام 2005، وفي لبنان 12 جريمة في العام 1998.

* إن الأمر المفزع في كتابة رواية كهذه، هو أن تقوم بكتابتها في الوقت الذي تتساقط فيه الضحايا حولك!

* عشرات الملايين من الشابات والشباب العرب يقعون في الحب سنويًّا، يتزوجون ويبنون الحياة العصرية الجديدة التي نتطلّع إليها؛ وهذه الرواية دفاع عن حق الضحايا في الحب والعيش والحرية والأمل.

* لقد أتيح لي أن أطلع، قبل كتابة هذه الرواية، على تفاصيل أكثر من خمسين (جريمة شرف)، وقراءة كثير من اعترافات القتلة، وقراءة كثير من المحاضِر والرسائل التي أرسلتها الضحايا إلى أهلهن، يطلبن غفرانهم! لكن الرسائل التي يحملها بريد الدّم لا تصل أبدًا.

إلى ضحايا (جرائم الشرف) في العالم بأسره،
إلى النساء في كل مكان.

٭ أسماء الشخصيات غير حقيقية، وإذا ورد تشابه بينها وبين شخصيات حقيقيـة، فـذلك بمحض الصدفة.

٭ اسم الشخصية وكنيتها، حيثما وردا في الرواية، فهما مرفوعان.

ما كان عليّ أن
أتوقف أبدًا عن الرقص

1

بفرح شديد كانت منار تبتسم وتبكي وهي تـراه يتقـدَّم فـوق كرسيّه المتحرِّك صوب الغرفة الصغيرة.

النساء والأغاني تفتح له الطريق، ودمعته مُعلَّقة بطرف ابتسامته.

وصل العتبة، أوقف الكرسي، واتكأ على حلق الباب محاولا الوقوف؛ امتدت يد امرأته نحوه لتساعده، لكنّه أبعدها برفق وهو ينظـر إليهـا ويهـزّ رأسه بحنان.

في ذلك اليوم رقص أمامها كصبيٍّ صغير مُصدِّق أيّ هِبةٍ تلك التي منحه الله إياها بعد هذا العمر الطويل؛ غير مصدِّق جسده، جسده الـذي استجاب له بصورة لم يكن يتخيَّلها. وكلما همَّ بأن يتوقَّف استجابة لإلحاح زوجته أمّ الأمين وزوجة ابنه نبيلة، اندفع في الرّقص أكثر وهو يـرى ذلك الكرسيّ المتحرك يحدِّق فيه وينتظره باسطًا ذراعيه المعدنيَّتين الباردتين أمام الباب.

بفستان عرس أبيض جلست على اللّوج، وبـدا أن الزّهـور البلاسـتيكية المحيطة بها قد امتلأت بالحياة فجأة؛ أما أمّها، فكانت تتطاير في فضاء الغرفة الضيِّق كفراشة، ولم يعد البيت سوى حقل نور.

صوت عبد الحليم حافظ، لم يكن جميلا هكذا في أيّ يوم مضى، وبـدا أن والدها أبو الأمين، لم يسمعه من قبل وهو يـردد تلـك الأغنيـة كمـن يغنّـي للمرّة الأولى في حياته:

وحياة قلبي وأفراحه

وهناه بمساه وصباحه

ما لقيت فرحان في الدنيا

زي الفرحان بنجاحه

❄ ❄ ❄

أبو الأمين، كان على حق، حين رفض، بتصميم، تزويجهـا لأول طالـب قُرب؛ ظلَّ يردد: "البنت صغيرة"! حتى كرهه أخوته الخمسة الذين كانوا يرون في مَنَار الفتاة الأجمل والأكثر أدبًا اللائقة بأولادهم.

سالم شقيقه الأكبر، قال له: "عنادك هذا سيوصلك إلى نتيجـة لا تُحمَدُ عقباها"! لكن أبو الأمين أصرّ: "هذه البنت ستتعلم، وستنجح، وسأرفع رأسي بها"!

"من لا يرفع رأسه بأولاده لن يستطيع أن يرفعها ببناته"! ردّ سالم.

"هذه ليست أي بنت، هذه ابنتي"!

"مبروكة عليك، فالبنات على قفا من يشيل"! قال سالم، قبل أن يغـادر البيت.

لم يأت سالم لتهنئة أخيه، لكن امرأته حضرت، بل ورقصت، وهي تنظـر لمنار بثوبها الأبيض بحسرة، كما لو أنها تقـول: "مـا الـذي كـان يمكـن أن يحدث لو أن ابننا انتظر هذه اللحظة ليتقدّم إليها؟ ألا تستحق فتاة كهـذه أن ينتظرها، واحد مثله، العمر كلّه"؟

كانت زوجة سالم أطيب من أن تحقد، بل وبدت في لحظات كثيرة، وهي تتأمّل أبو الأمين بأعوامه الستين يرقص خارج قدميه الثقيلتين وعموده الفقريّ الذي أنهكته سيارة التاكسي على مدى سنوات وسنوات، بأنها معه أكثر مما هي مع زوجها؛ أبو الأمين الذي ظلَّ يعمل ليل نهار حتى استطاع أن يوفّر لها كل ما تحتاجه من أجل أن تكمل تعليمها.

... وصدق وعدَه: "سأزّفكِ كعروس، وأرقص يوم نجاحك على رموش عيني لو لم أستطع الرّقص على قدميّ"!

❊❊❊

هدأ الليل فجأة، تقدّمت أم الأمين ورفعتْ ساقَ زوجها المتدلّية أمام السرير. كانت مسحة حزن تظللّ وجهه، مسحة لم تستطع الظلْمة إخفاءها، وعندها سمعتْه يقول: "أترين، ها قد عدتُ إلى عموديَ الفقريّ المتآكل من جديد؛ تعرفين، ما كان عليّ أن أتوقّف أبدًا عن الرّقص"!

2

تقلَّب أمين في فراشِه،

كانت امرأته تئنُّ ألمًا. منذ أكثر من شهرين، داهمها مرضٌ ما، لم يعرفوا له اسمًا، ولم تُسفر رحلاتها المتواصلة إلى العيادات الحكومية، إلا إلى مزيـد مـن الألم.

أبو الأمين راقب الأمر بقلق شديد، وبدأ يعمل على ادخار مبلغ يستطيع به علاجها في مستشفى جيد، بعد أن شخّص أحد الأطباء مرضها مؤكـدًا ببساطة: "إنها تعاني من حصى في المرارة".

المِرارة؟! ما هذه الكلمة التي يحسّها تسكن حلْقه منذ مدّة طويلة، منذ أن وجد ابنه عاطلا عن العمل، ملقى في البيت مثل كيس طحين فارغ.

كانت إدارة محطة الوقود التي يعمل فيها أمين، قد قررت اتخاذ الخطـوة التي لا بدّ منها: أن تطرده. بعد أن اشتكى عدد من أصحـاب السـيارات في فترات متباعدة، بأنه يغشّهم؛ مرّة بعدم قيامه بتصفير العدّاد، ومرّة بحجب العداد عن أعينهم وطلب مبالغ تفوق قيمة الوقود الـذي عبـأ بـه خزانـات سياراتهم.

في النهاية وجد نفسه في البيت، بعد أن قال له مدير المحطة: "إذا لم أرسلك اليوم إلى بيتك فسيأتي اليوم الذي سيرسلوننا فيه معك إلى أقرب مخفر للشرطة"!

❊❊❊

خرج أمين من هناك، بعينيه الضيِّقتين، وقامته المربوعة، وشاربه الشَّبيه بشارب حلاق قديم؛ طاف في الشوارع كثيرًا، وقبل أن يعود، اشترى بعض الحاجيات الصغيرة من أقرب بقالة للبيت. حينما وصل بداية الشارع رآه خاليًا تمامًا من المارَّة؛ التفتَ نحو الجهة اليمنى حيث البيوت هناك أعلى، والنوافذ والشرفات تستطيع أن ترى الكثير؛ تلكأ في مشيته، التصق بالحائط، وطرق باب جارته التي فتحت له الباب بسرعة، كما لو أنها على موعد معه.

جرَّته من يده وأدخلته، دون أن تنسى إلقاء نظرتين على الشارع، يُمنة ويسرة، ونظرة على شرفات ونوافذ الجانب الآخر، لتطمئن أكثر.

كانت تمام، المرأة المُطلَّقة، واحدة من أكبر مشاكل الحيّ. أما فيض دلالها، جرأتها، وجمالها، قامتها الطويلة وذلك البياض الأخَّاذ والفم الشَّهي، فقد جعلتْها محطَّ أنظار النِّسوة قبل الرجال.

"أمَّكِ... نامت"؟ سألها.

"اطمئن، منذ ساعتين"!

كان الصمت وحده هناك.

في الداخل نظرتْ تمام إلى الكيس الذي في يده: "كأنك لم تنسني"؟

"ماذا تقصدين؟ هل سبق لي وأن نسيتكِ"؟

"أقصد أنك أخيرًا تذكَّرتني بهدية"!

"هدية"؟!

13

"لستَ على بعضك اليوم"!

وقبل أن يتواصل حوار الطّرشان هذا، امتدتْ يـدها وتناولت الكيس من يده؛ قفزتْ للسرير وفتحتْه بفرح، لكنها حينما رأتْ ما بداخله، ألقتْ به إلى الأرض تحت قدميه: "حليب"! ومضتْ نحو الباب؛ وضعتْ يـدها على الأكرة، وقبل أن تفتحه قالت: "أظن أن عليك العودة إلى بيتك، لا بـدَّ أن ابنتكَ المحروسة جائعة"!

انحنى، تناول الكيس، رمقها بنظرة جافّة وهو يهمُّ بالخروج؛ عنـد ذلـك أسندتْ ظهرها إلى الباب، سادَّةً طريقه، ضحكت: "صَدَّقت"؟! وراحت تدفعه بصدرها نحو السّرير، دون أن تكفَّ عن التّحديق في عينيه مثل قطـة جائعة.

❋❋❋

أدرك أمين أن مشاكل العائلة ستتضاعف بفقدانه لوظيفتـه؛ وبعـد أيـام من البحث عن محطة أخرى، يمكنه العمل فيها، تأكد أنه لن يعود إلى هـذه المهنة من جديد، فقد أحسّ من النّظرات والإجابات الجافة المثقلـة برائحـة البنزين والمازوت، أن اسمه وصورته وقصّته، باتت معروفة لدى كلِّ عامل وموظف وصاحب محطة.

❋❋❋

لم يكن أمين قد أنهى الصفَّ الثالـث الإعدادي، حـين قـرر أن يـترك المدرسة. ولكي لا يفكِّر مدير المدرسة بالعدول عن قرار فصله، قـام بأبشع الأعمال:

تشاجر يوميًّا مع أكثر الأولاد أدبًا، ناكفَ كلَّ معلِّم دخل الصَّف، رسم على الحائط، صرخ، عوى، ماءَ، وخارَ مثل بقرة محمومة، وحين أرسـلوه في المرّة الأخيرة إلى غرفة الإدارة، قـال لـه المـدير: "أعـرف أنـك تريدني أن

14

أطردك، وسأفعل ما تريـد، ولكنـي أعـدكَ بأنـك لـن تعـود ثانيـة إلى هـذه المدرسة أو إلى سواها".

3

إلى بوابة الجامعة، كان يصرُّ أبو الأمين على أن يوصلها، وأن يراها تدخل البوابة الواسعة الكبيرة. عند ذلك كان يتنفس ملء صدره، يتابعها وهي تبتعد وسط موجة الفتيات والشباب.

مرات كثيرة حرمته صافرةُ شرطي المرور من هذا، فلم تكن هناك ثمة بقعة أكثر ازدحامًا في الصباح، مثل تلك المساحة الضيقة أمام تلك البوابة.

"بدل أن تدخل هذا الازدحام، يمكن أن تُنزلني هنا، في الشارع الرئيس، وليس عليَّ سوى أن أقطع الشّارع الصغير أمام البوابة".

"مستحيل"، كان يقول لها، "ألا ترين جنون السائقين في ساعة كهذه"؟

كانت منار تصمت، تودِّعه بابتسامة واسعة، وتترجّل، دون أن تفكر في نظرة زملائها وزميلاتها إليها، وهم يحدِّقون كلَّ صباح بابنة سائق التاكسي.

❋❋❋

في نهاية السنة الثالثة، تغيّر كلُّ شيء فجأة، إذ لم يعد أبو الأمين قادرًا على إيصال ابنته. راحت قامته تتلوّى ألمًا، كلَّما هَمَّ بصعود السيارة أو التَّرجل منها؛ وفي النهاية، لم يعد باب السيارة قادرًا على إسناد قامته. ولذا، كان لا بدّ من أن يأتي ذلك اليوم الذي سيصيح فيه أمام الباب: "أم الأمين"!

وحين أطلّت، ورأت قدميه على الأرض، ويده ترتجف أعلى باب السيارة، ومؤخرته كما لو أنها التصقتْ بكرسيها، أدركتْ أن اللحظة التي كانت تخشاها قد حانت.

حاولت أن تسنده، لكن وزنه تضاعف مع عموده الفقري المعطوب. بألم قال لها: "ألا يوجد أحد من الأولاد في الدّاخل"؟ أجابت:"لا" وهي تتلفّت حولها باحثة عمّن يساعدها، ثم صاحت: "نبيلة، يا نبيلة"!

※※※

في الغرفة الصغيرة الضيّقة، راح يحدّق في السقف، كان يدرك أن الدّمعة مستقرّة هناك في عينه اليمنى، وأنها على وشك الانفجار، حبس أنفاسه، حاول أن يفكّر في أيّ شيء، إلّا أنه لم يستطع أن يبعد وجه مَنَار عن مخيّلته، كانت أمامه، بقميصها الأبيض وبنطالها الجينز، قابضة على رزمة من دفاترها وكتبها تنتظر قدومه أمام تلك البوابة الواسعة.

حين اطمأن إلى أن الدّمعة لن تفضحه، قال لامرأته: "لا أدري كيف يمكن أن تتدبَّر أمورها إذا ما ساء وضعيَ أكثر"!

"أوّلًا لا تفاول على نفسك، لا بدَّ أنها حالة عارضة، أيام، ثم تزول"!

لكنه كان يعرف أن الأمر ليس كذلك، لأنه أخفى على الجميع ما به.

" لم أكن أريد أكثر من أن أتمّ السنة الرَّابعة، وأتخرج من هذه المهنة، أن نستلم شهادات تخرّجنا في اليوم نفسه، أن أوصِلها إلى البيت لآخر مرّة، وأن أقول لها: ها أنتِ كبرتِ بما يكفي لأن تستقلّي سيارة تاكسي أو حافلة أو حتى طائرة؛ طائرة، ولمَ لا"!

※※※

أبو الأمين كان أعدَّ العدّة لذلك اليوم، طلبَ من أمين، أن يبدأ بتلقي دروسًا في قيادة السيّارات، بعد أن وجده مطرودًا من عمله؛ وحين

17

اعترض أمين، لأن السيارة نفسها لن تعيش أكثر من عام أو عامين. أصرَّ والده: "ستأخذ رخصة، يعني ستأخذ رخصةً، لا أريد نقاشًا في الموضوع، على الأقل سيكون عملك سائقًا، أفضل لك بكثير من عملك في أيّ محطة وقود، لأنه إن حدث وعدتَ لذلك العمل، ستعيش كل ما عشته أنا في مصنع الاسمنت ذاك: صدر لا يعبره الهواء ولا السّيف، بعد أن تحوّل إلى كتلة خرسانية، لفرط ما استنشق من ذلك الغبار الرّماديّ القاتل"!

"ولكن من أين لنا بمصاريف تعلُّم قيادة السيارات"؟

"هذه اتركها عليّ، رغم ما فيها من مجازفة. سأعلّمك القيادة، في الصباح باكرًا، أو في الليل؛ سنختار مكانًا نائيًا؛ أعرف شارعًا جانبيًّا قرب المطار، سآخذك إلى هناك وأعلِّمك".

❋❋❋

بصعوبة استطاع أمين الحصول على رخصة قيادة سيارة خصوصية، وبدا أمرُ حصوله على رخصة قيادة سيارة عمومية، أمرًا مستحيلًا، لأن عليه أن يعرف الكثير قبل أن يتمكّن من ذلك، ثم إن عليه أن يعرف المدينة أيضًا، المدينة التي لم يعد يحيط باتساعها الطيرُ لفرط ما ترامت أطرافها في الجهات الأربع.

❋❋❋

"لو أن ابنكِ طاوعني، وبذل جهدًا كافيًا لحصل على الرّخصة التي نريدها منذ أشهر، وكانت البنت وجدتْ من يوصِلها إلى الجامعة ويعود بها"!

"عدنا للتفكير في البنت من جديد! يا رجل، ابنتـكَ كبرت، وهي عاقلة، ولا يُخشى عليها"!

18

"أعرف ذلك، ولكن، هناك أيضًا الحرّ والمطر والأيام الثلجية، والبهدلة في مواقف الحافلات العامة، وفتاة رقيقة مثلها لن تحتمل ذلك كلّه! فهمتِ"؟

هزّت أم الأمين رأسها وخرجت مسرعة. كانت هناك دمعتان تتفلّتان من عينيها، لا تريده أن يلمحها.

4

لا ينكر أبو الأمين، أن مولِدَ منار كان أجمل يـوم مـن أيـام حياتـه، إذ كان يحسُّ أن البيت الذي لا توجد فيه فتاة هو بيت فارغ لا معنى لـه، لا يمكن أن تنبتَ فيه شتْلةُ ريحان أو شتْلة نعناع أو يتفقَّده الله برحمته!

لكن أم الأمين، عانت الكثير مـن أجـل إنجـاب ولـدها الثـاني عبد الرؤوف، فلسبب لا يعرفه إلا الله، باتت على قناعة من أن أمين سيكون ولدها الأول والأخير؛ هي التي أضـناها تـرديـد زوجهـا لتلـك الجملـة الحارقة: "لن يمرَّ وقت طويل قبل أن أتحوّل إلى عمود إسمنت"!

هذا الهاجس كان يقلقه، فكم مرّة رأى نفسه في طريقه لعمله عمـودًا يسند بناية جديدة، وحين كان ينظر للأعمدة الأخرى كان يجد رفاقـه في العمل، يؤدون الدَّور ذاته.

في الطريق إلى ذلك المصنع، كان ينفض رأسه، يحـدِّق في وجوههم، يبتسم بمرارة، دون أن يستطيع أيّ منهم إيجاد معنى لابتسامة كتلك.

***

بعد ثلاث سنوات عجاف أطلَّ عبد الرّؤوف، ولم تكن فرحته به أقل من فرحته بولده الأول، لكنه وهو يحمل صغيره، نظر إلى امرأته وقـال: "إذا كان الله يحبني فعلا، فسيرزقني ببنت"!

ردت زوجته: "بنت"؟!

"الّي ما له بنت ما له بَخْت"! قال لها.

ولم تفعل أم الأمين أكثر من أن تهـزّ رأسهـا مخافـة أن تفسد اللحظـة بنقاش لا معنى له.

❋❋❋

وجاءت منار.

قال لزوجته: "إذا بذلتِ قليلا من الجهد فستأتينا ببنت أخرى"!

شهقتْ أم الأمين: "بنت أخرى؟! ألا تكفيكَ واحدة"؟

"صدِّقيني، اثنتان ستغيران حياتنا، و (مـن لـه ابنتـان حياتـه سـعادة وأمان)"!

"ومن أين أتيتَ بهذا المثل الذي لم أسمع به من قبل"؟!

"صحيح أنك لم تسمعي بهذا المثل، ولكني متأكد أنه موجود"!

اكتفت أم الأمين بابتسامة صغيرة، وقبل أن تُلملـم شـفتيها أنجبتْ آخرَ العنقود: أنور.

5

حين رأت منار النجوم في السماء، قالت: "أريد نجمة"!

قال لها أبو الأمين، وقد أجلسها على ركبتيه: "النجمة بعيدة".

قالت له: "نركض إليها بسرعة... بسرعة"!

فقال لها: "لكنها عالية، لن نستطيع".

فقالت: "نصعد على الكرسي ونأخذها"!

فقال: "الكرسي لا يكفي".

فالتفتت إلى برميل في زاوية الحوش، وقالت: "نصعد على البرميل"!

فقال: "إنها أعلى".

"إلى السطح"!

"إنها أعلى".

"نضع البرميل فوق السطح"!

"إنها أعلى بكثير".

كان فرِحًا بها، بابتسامتها الصغيرة القادرة على أن تمحو شقاء أسبوع بأكمله.

على وشك البكاء كانت، لكن عينيها التمعتا فجأة بفرح عظيم، حدَّقتْ في وجه أبيها، وقالت: "عندي فِكرة"!

"وما هي أيتها الْمُفكِّرة؟"

قالت: "أصنع جناحين وأطير"!

"فِكرة معقولة"! قال لها بفرح، وأضاف: "اصنعي جناحين إذن. هل تريدين مساعدة"؟!

"لا"، قالت له بثقة أدهشته، ثم قفزت عن ركبتيه، وراحت تحرِّك ذراعيها بتسارع، إلى أن أحسّتْ بأنها تحوّلا إلى جناحين.

سألها: "مستعدَّة لأن تطيري"؟!

فأجابت: "نعم، ولكن شَلِّحني الكُنْدَرة"[1]!

---

[1] - الحِذاء

6

كان الحرم الجامعيّ جنّتها، وإن كانت لم ترَ شجرةَ تفاح واحدة فيـه بـين آلاف الأشجار التي تظلّل الممرات والأبنية، إلا أنها استطاعت بعد عـامين أن ترى آدمها!

لم تره مصادفة؛ كان زميلها في عدّة محاضرات، تقاطع تخصصاهما فيها؛ كان يدرس علم النفس وكانت تدرس علم الاجتماع.

في البداية، كانت تركض من قاعة إلى قاعة، كما لو أن قطار الليل الأخير سيفوتها، ويتركها في مدينة لا تعرف من سكانها أحدًا. كانت بحاجـة لعـام ونصف العام كي تلتقط أنفاسها، ولم يكن ذلك ممكنـا إلّا إذا عرفـت أبنيـةَ الجامعة وقاعات التّدريس فيها.

حين راحت تمشي على مهل للمرّة الأولى، رأته، وكم ارتبكتْ.

أحسَّت أنها المرّة الأولى التي ترى فيها شابًا، شابًّا وسيمًا ينظر إليها بخجل واضح.

متَّجِها إليها كان، وحين وصلها، حيّاها: "مَرحبًا"!

"مَرحبا"، أجابت. وأحسَّت بقدميها تتعثر الواحدة منهما بالأخرى وهي تبتعد.

✳✳✳

جميلة وصغيرة، كان في وجهها شيء ما، يذكِّر بوجه فتاة يابانية. لا أحـد يعرف من أين أتتها تلك الملامح. ربما كـان السـبب فـرط رقَّتها ونعومـة بشرتها التي ظلّت تشبه بشرة طفل صغير في عامه الأول. ربما كانت عيناها، وذلك الخَفر العذب الذي يفيض منهما على الدّوام، سـواء نظرت إلى المـرء مباشرة أم غضَّت طرْفها.

أبوها أدرك ذلك الجمال الهادئ منذ البداية، وهو يرى أن الله منحه أجمـل وأرقَّ ما يمكن أن يزهو به أب: فتاة جميلة ورقيقة ومؤدبة.

أما العمّ، فلم يكن يردِّد سوى جملة واحدة وهو يراقب زهو أبو الأمين وفرحه بابنته: "سنرى آخرةَ الدّلال هذا، يا أبو أمين... يا مُتعلِّم"!

✳✳✳

لا يعرف أبو الأمين لماذا يصرُّ أخوه علـى السّخرية منـه ومـن تعليمـه. صحيح أنه لم يُنه السّادس الابتدائي، لكنه يستطيع أن يفكَّ حروفًا كثـيرة مجتمعةً، وليس حرفًا واحدًا فقط!

كان يقرأ الجريدة، ويتابع الأخبار، ويشاهد مع منار فيلما كلَّ ليلة جمعـة. لم يكن هذا الأمر يعجب سالم أيضًا، سالم الذي ما إن رأى أحد الفنِّيين يُثبِّتُ الصّحن اللاقط فوق بيت أخيه حتى راح يركض منفعلًا نحو البيت كما لو أن النيران تلتهمه.

"ما الذي تفعله"؟! صرخ في وجه أخيه، "تُركِّب (سَطَلان) في بيتك، ألا تعرف ما الذي سيراه أولادك؟ ما الذي ستراه ابنتك"؟!

بهدوء قال له أبو الأمين: "سيرون ما أراه، وسنعرف ما يحدث في هـذا العالم"!

"وما الذي يحدث في العالم ولا تستطيع أن تـراه في محطـة تلفزيـون هـذا البلد"؟!

25

"كلّ شيء"!

"تعقّل يا أبو الأمين، ولا تضعنا في هذا الموقف المشين"!

"يا أخي، أنت كبيرنا وأنا أحترمك، ولكـن ألم تلاحـظ بعـد، أن ليس هنالك من سطح واحد يخلو من طبق لاقط، سوى سطح بيتك"؟

"أستغفر الله. إنك تجني على نفسك وعلى عيالك، وستثبت لك الأيـام هذا"!

وابتعد سالم، بوجهه النّحيف، وجبينه الضّيق، وشاربه الدّقيق الـذي يُصرّ على القول إن الشّيب لم يصله، رغم أن الجميـع يعرفـون أنـه يـصبغه؛ عباءته ترفُّ خلفه، وصدى كلماته يدور في الهواء.

***

حين تقدّم سالم ليخطب منار لابنه، بعـد مـرور أقلَّ مـن أسبوع عـلى تركيب (طبق الشيطان)! كان على يقين بأنه يريد إخراجها من جهـنم التـي ألقاها فيها أخوه؛ أن يزفّها لابنه قبل أن تفسد أخلاقها.

"ليس لديّ بنات في عمر الزواج"، قال أبو الأمـين، "بنتـي ناجحـة والحمد لله، وما دامت ناجحة سأعمل كلَّ ما أستطيع حتى تُكمل تعليمها، حتى لو بعتُ ما عليّ من ثياب".

في ذلك اليوم، وبعد خروج سالم غاضبًا، يُرغي ويُزبد، اتّخذ أبـو الأمـين قراره الأخطر: "عليَّ أن أتصرّف قبل فـوات الأوان، فبهـذا الراتـب الـذي أتقاضاه، لن أستطيع أن أراها طالبة جامعية".

***

أول شيء فعله، هو تلقّي دروس في قيادة السيارات، وبعد خمسة وثلاثين درسًا، تلقّى معظمها أيام الجمعة، نال رخصة قيادة سيارة خصوصية، ولم يتوقّف إلا حين حصل على رخصة سيارة عمومية.

في اليوم التالي، ذهب إلى المصنع في موعده تمامًا، وبدل أن يتوجّه إلى موقع عمله، ذهب إلى إدارة شؤون الموظفين وقدَّم استقالته.

بعد شهر؛ أصبح حرًّا طليقًا، فبدأ رحلة البحث عن سيارة تاكسي، معتمدًا على تعويضاته التي حصل عليها وعلى ما ادَّخره من مال.

لم يَطُلْ بحثه، فبعد أقلَّ من أسبوع اهتدى لسيارة تاكسي سوبارو، تكفي نظرة واحدة إليها ليعرف المرء أنها لم تترك مكانا في هذه المدينة، أو خارجها، إلّا ووصلته مئات المرات.

اشتراها، لأنها كما يقال، كانت (على قدِّ لحافه)، وقبل أن يذهب للبحث عن رزقه، عاد من دائرة الترخيص لبيته مباشرة.

أمام الباب توقَّف، مُطلقًا بوق سيارته بفرح طفل، وحين أطلَّت زوجته مبتهجة، قال لها: "أرسلي لي منار".

"إلى أين ستأخذها"؟

"فقط، أرسليها، وستُحدِّثُكِ هي، حينما نعود"!

بعد ثلاث دقائق، أطلت منار غير مُصدِّقة عينيها. ترجل من السيارة وفتح لها الباب: "تفضلي يا آنسة"!

صعدت، وما إن أغلقت الباب حتى انطلق كسائق لا تنقصه الخبرة أبدًا.

✲✲✲

شيئًا فشيئًا اختفت ملامح البؤس التي تجلل ذلك الحيّ الذي يسكنونه، ليحلَّ مكانها بذخ لا يُصدَّق لعمارات شاهقة، وأبنية تجارية، وقصور صغيرة وفنادق. اختفت القنوات الصغيرة التي تتسلل من تحت أبواب البيوت، لتحلَّ مكانها نوافير وجسور وأنفاق، خُيِّل لمنار أنها تراها للمرّة الأولى.

27

حين وصلت السيارة إلى ذلك الجسر الكبير، وبدأت تتهادى؛ حين انعطفت نحو شارع جانبي، في تلك الظهيرة؛ حين راحت تسير ببطء أقل، قال لها أبو الأمين:

"بعد قليل سيكون باستطاعتك أن تحلمي كما تريدين"!

وعندما توقّفت السيارة أمام تلك البوابة الواسعة للجامعة، قال لها: "لا تسمحي لأحد أن يمنعك من الوصول إلى هنا".

نظرتْ إليه بعينين دامعتين وقالت: "لن أكون أقلّ من منار التي تعرفها ما دمت معي".

"سأكون معك، أعدك".

لكنه لم يكن يعرف أيّ اختبار ذاك الذي سيكون في انتظاره بعد سنوات قليلة.

7

ظهيرة الثلاثاء، وقفت منار أمام بوابة الجامعة تنتظر، داهمها خـوف مـا، تيار صاعق خاطف عبر الجانب الأيسر من صدرها، ما جعل يدها تطير إلى ذلك المكان تتحسّسه برعب وهي تتلفَّت حولها باحثة عن أحـد قـد يكـون رأى ما حصل لها.

وجدته هناك، عصام، ينظر إليها بعينين خجولتين، كما يحدث كلّ يـوم، في انتظار وصول أبيها.

طويلًا نظرت إليه منار.

أحس عصام بأن شيئًا ما يحدث، لكنه لم يجرؤ على التقدّم نحوها ليسألها، ففي أيِّ لحظة يمكن أن يصل أبوها، ولا يريد أن يـضعها في ذلـك الموقـف الذي يُحتَّم عليها فيه أن تجيب على سؤال: "مَنْ هذا"؟!

"زميلي"! سترّد.

لكن عصام لم يكن قادرًا على تصوُّر ردَّة فعل أبيها.

مكانه بقي مُسمَّرًا مثل جندي أمام كابينة حراسة.

❊❊❊

أضخم طالب في الجامعة كلّها كان عصام، طويلًا عريضًا؛ بـدأ شعـره بالتّساقط في السنة الجامعية الأولى، لكنه استقرَّ عنـد كثافـة لم تكـن كافيـة لإخفاء جلد رأسه ولا تلك الندوب التي تُذكِّر بجروح قديمة.

للوهلة الأولى، يبدو كحارس شخصي مُتجهِّم على الـدّوام، لكـن مجرد حديث بسيط معه، سيقلب الصورةَ رأسًا على عقِب.

ابن عائلة متوسطة، لم تبذل الكثير من الجهد كي تفتح له الطريق لدخول الجامعة، فأبوه تاجر أقمشة وأمه سيدة بيت، وله خمسة أخوة، هو أكبرهم.

حين تمشي منار إلى جانبه، تُدرك أن كثيرًا مـن النـاس يـستغربون ذلـك الفرق الكبير بـين حجميـهما، سواء اعتقـدوا أنهـما أخـوان أو زوجـان أو عاشقان.

قال لها مرة: "لا شك لديّ بأنك تعانين من ضعف في البـصر أكثـر مـن أيّ طالبة أو طالب هنا الجامعة"!

وحين سألته: "وكيف توصَّلت إلى هذا يا حضرة الطبيب"؟! أجـاب: "لأنك آخر إنسان لاحظ وجودي في الجامعة"!

***

كثيرًا ما تمنّى عصام أن يمضي بهـا إلى مقهـى خـارج السّـور الجـامعيّ، يجلسان هناك، ويتناولان كوبَي عصير؛ أو أن يمضي بها أبعد مـن ذلـك، إلى متنزّه المُتحف الوطني، ثم يسيران جنبًا إلى جنب في الشوارع الخلفيـة إلى أن يصلا (دوّار الشمس) ويجلسا في اسمه الجميـل! ثم يهبطا ذلـك الـدَّرج الطويل المؤدي لقلب العاصمة، وعند الدّرجة الأخيرة ينعطف كلٌّ منهـما في اتجاه مختلف!

لكنه، مثلها، كان يعرف، أن أسوأ مـا يمكـن أن يحـدث لـك كطالـب جامعي هو أن تقع في حبّ فتاة يعمل أبوها سائق تاكسي، ففي هـذه الحالـة

30

عليك أن تتوقّع كلَّ شيء؛ إذ يمكن أن يصادفكما في شارع واسع، أو طريق ضيّق أو أمام مقهى أو أمام بوابة للسينما، أو أمام مطعم بلا زبائن، أو آخر لا يُغلق أبوابه أبدًا، أو، حتى، و أنتما تستقلان سيارة تاكسي، فيفاجئكما أمام إشارة مرور، ينتظر هو، بدوره ضوءها الأخضر!

أما الأسوأ من ذلك كله فهو أن تتوقّفا على الرصيف وتشيرا لسيارة تاكسي، فتتوقف لكما، وإذا بالسائق هو الأب!

لم يحدِّثها بما يفكر فيه، لم تحدِّثه، ولذا اكتفيا بتلك المساحة الشاسعة التي توفّرها لهما الجامعة، بأسوارها وأشجارها ومبانيها والممرات الطويلة بين القاعات، والظلال الملقاة على الأرصفة في انتظار مَن يُبدد وحدتها، والعصافير التي تتقافز قرب قدميها كما لو أنها عصافيرهما الخاصة!

❋❋❋

وفي البعيد هناك.

كان أبو الأمين ينظر إلى ساعته بين صعقة ألم وأخرى، ثم يأخذ رأسه بين كفيه ويعتصره.

"أين ذهب زوجك"؟! سأل نبيلة، التي نجحت أخيرًا في التخلّص من آلام مرارتها، بعد عملية جراحية دفع أبو الأمين تكاليفها.

"أمين! خرج قبل ساعتين"!

"قبل ساعتين، ولم يعد بعد"؟!

صمتت نبيلة، المرأة الطويلة، ذات الملامح الطافحة بالحنان، نبيلة التي لا تستطيع البوح بنصف ما في صدرها : "وهل خرج في أيّ يوم مضى، وعاد قبل انتصاف الليل"؟!

"فقط لو أعرف أين يمضي، أما كان من الممكن أن يكون هنا في يوم كهذا؟ أن يستقلّ سيارة، ويمضي ليُحضِر أخته من أمام بوابة الجامعة"!

31

وصمت قليلا: "أنا متأكد من أنها لن تتحرك من مكانها حتى لـو أدركهـا الليل، متأكد من ذلك"! وصاح بزوجته التي تـسكب المـاء المغـليَّ في قِرْبـة ليضعها هناك، أسفل ظهره: "أين أنت يا أم الأمين"؟

من الخارج وصلتْ سابقةً صوتها: "أنا هنا"!

"أين أنور؟ أعرف أن الشياطين كلّها لا تعرف مكان أمين، ولكن أليس هنالك من ملائكة يمكن أن تعرف مكان أنور؟ ألا تعرف أيّ واحدة مـنكما أين هو"؟

في تلك اللحظة دخلت سلام ابنة أمين باكية.

"لم يكن ينقصنا سوى هذا"! علَّقتْ أم الأمين.

✻✻✻

انسحبت السماء من فوق رأس منار تاركةً رمادًا جافًّا بحلكة ثقيلة.

تقدّم عصام نحوها غير عابئٍ بشيء.

"عليك أن تعودي الآن للبيت، لن تتأخري أكثر مما تأخرتِ"!

"ولكن أبي يمكن أن يأتي في أيّ لحظة"!

"لو كان سيأتي لكان أتى، وبالطبع، ما كان يمكن أن ينسى"!

لم تكن منار بحاجة إلى أكثر من هذه الجملة. نظرت إلى الـشارع الكبـير الذي تعـبره العربـات، خاطفـةً بـين حـين وحـين روح طالـب أو طالبـة، وتقدّمت بيأس كما لو أنها ستُلقي بنفسها أمام أول عربة مسرعة.

✻✻✻

وفي البعيد هناك،

سألته امرأته: "وهل لديها ما يكفي من نقود لتـستقلَّ حافلـة أو سـيارة أجرة"؟

"وسيارة تاكسي لو أرادت؛ ولكنني أوصيتها: تحت كل الظروف لا تصعدي إلى سيارة تاكسي! فقد بتُّ أعرفهم تمامًا هؤلاء السائقين الذي لا يتوانى بعضهم عن فعل أي شيء ما إن تُغلِق فتاةٌ باب السيارة وينطلقون بها"!

"ستأتي، أؤكد لك أنها ستأتي، لا بدّ أنها انتظرتكَ، لكن لا بدّ في النهاية من أن تفقد الأمل؛ ستستقل حافلةً وتعود. ألم تقل لي إن الباصات في ذلك الشارع أكثر من الهمّ على القلب"!

٭٭٭

على الرّغم من أن أبو الأمين لم يكن يتوقّع يومًا كهذا، إلا أنـه فعـل كـل شيء، كي لا تجد ابنته نفسها بلا نقود، أو بلا نقود كافية لأي حالة طارئة أو موقف مفاجئ. ولـذا، ناولهـا ذات يـوم ثلاثـين دينـارًا، وقـال لهـا: "هـذه تضعينها في حقيبتك، وعليك أن تنسي أنها معكِ، إلّا إذا وجدتِ نفسك، لا سمح الله، في موقف يُحتّم عليك أن تستعمليها. أما مصروفك فسيبقى كـما هو، وإذا ما اضطررتِ ذات يوم لإخراج هذه الثلاثين، فعليك أن تخبريني لأعطيك غيرها. مفهوم"؟

"مفهوم"، أجابت منار.

"وهناك شيء آخر عليك أن تتذكّريه جيدًا: ربما تجـدين في لحظـة مـا أن عليك أن تدفعي عن زميلة من زميلاتك، أو حتى عدة زميلات في كافيتيريا أو سواها، لا تتردّدي في ذلك يا منار، فأسوأ شيء يمكن أن يحدث للإنسان هو أن يصغُر من أجل المال، والمال موجود في جيبـه. لا تـدعي أحـدًا يمنّ عليكِ، كوني ابنة أبيكِ، مفهوم"؟

"مفهوم"؟

33

لكن منار التي كانت تعرف وضع عائلتها جيدًا، عمِلتْ كلَّ ما تستطيع للابتعاد عن تلك المواقف التي يمكن أن تضطرّها لأن تنفق أكثر من مصروفها، إلّا في مرتين، لكنها عوّضت النّقص الذي حصل من مصروفها، دون أن تُعلم أباها.

✳✳✳

في الحافلة التي توقَّفت، كان ثمة أكثر من كرسيّ فارغ، صعدتْ منار أوّلًا، وفي غمرة قلقها، لم تنس أن تشتري تذكرتين، ناولت عصام إحداهما، وقبضتْ على الثانية، كما لو أنّها لا تعرف ما الذي يمكن أن يفعله راكب حافلة بتذكرة.

جلستْ إلى جانب امرأة في العقد السّادس من عمرها، كانت مشغولة بمراقبة حركة السيارات في الجانب الآخر من الشارع، في حين جلس عصام إلى جانب شاب، لم يكن من الصّعب عليه أن يعرف أنه عامل بناءٍ، فملابسه التي يرتديها، والتي لا بدّ أنه استبدلها بملابس العمل، كانت تشي بذلك، كما أن بقايا غبار الإسمنت تظهر على عنقه وكأنها كدمة قديمة.

✳✳✳

لم يُحدِّثها عصام طوال الرّحلة، وإن لم يكن ابتعد بعينيه عنها، وحين لاحت منه نظرة لراحتيها اللتين استقرتا بين فخذيها، وكانت تعتصرهما بشدّة، تحرّك فيه شيء ما هزَّ جسده.

في المحطة الأخيرة للحافلة هبطا. كان عليها أن تستقلَّ سيارة أجرة تحملها لشارع قريب من بيتها. توجّه عصام نحو السيارة ليرافقها، لكنها وبإشارة من عينيها أوقفته. وهناك، وقف في مكانه طويلًا متأمِّلًا جسمها الصغير وهي تبتعد، كما لو أنه يراه للمرّة الأولى.

34

8

كان اليوم التالي، هو الأثقل، يوم أربعاء لم ير أبو الأمين يومًا أكثر حلكة منه؛ يومًا يمكن أن يرتكب فيه المرء كلَّ الأخطاء التي تخطر أو لا تخطر ببال، لكنه في اللحظة الأخيرة لجم نفسه، ولجم ولده أمين أيضًا.

"منار ليست صغيرة، وستذهب للجامعة مثل كلّ الطالبات اللواتي لا سيارات لهنّ، ولا أباء يوصلوهنّ إلى الجامعة"! ثم صمت قليلًا، وقال: "سأشتري لها هاتفا نقالًا""؟!

"هاتفا نقالًا""؟! شهق الجميع.

"سمعتم ما قلته""!

كان الهاتف النقال بـذخًا أكبر مـن أن تفكـر فيـه أسرة مثل أسرة أبو الأمين؛ وفي حسابات أمين، كان يرى أن كلّ أمر يمكن أن يُحتمل باستثناء انفراد شابّة بعمر أخته بهاتف نقال!

حاول أن يقول شيئًا، إلا أن أباه أشار بيده أن كفى.

في ذلك الصباح المبكر انحنتْ منار على أبيها، قبَّلت رأسه، ثم أمسكتْ بيده وقبَّلتها، مُبقية عليها بين يديها لوقت طويل؛ حاولتْ أن تبتسم: "ابنـة أبو الأمين بعشرين رجلًا، ألم تقُل هذا دائما، أم أنك تراجعتَ عن كلامك لا سمح الله""؟!

"ابنة أبو الأمين ستبقى دائمًا بعشرين رجلًا، ولن أتراجع عـن رأيي فيكِ"!

خرجتْ منار،

"الحمد لله أننا لم نزل في الصّيف"، قالـت أم الأمـين تخاطبـه. وحـين لم تسمع جوابًا، نظرتْ إليه، فإذا به يغطُّ في النوم الذي تمنّته له.

❊❊❊

حيثُ تركتْه وجدتْه هناك، كما لو أنه لم يتحرّك من مكانه، وقف عصام، ولم يكن قلقا في أيّ يوم من الأيام كما رأته في تلك اللحظة.

سار أمامها إلى أن وصل بوابة الحافلة؛ صعد، اشـترى تـذكرتين؛ ودون أن يلاحظ أحد، ناولها واحدة، ومضى نحو أول مقعد وجلس، وكـم هالـه أنه كان يجلس بجانب ذلك الشاب، عامـل البنـاء الـذي رآه مسـاء أمـس، حاول أن يبحث عن لطخة الإسمنت الأشبه بكدمة، لم يرها.

بجانب النافذة جلستْ منار، الهواء بارد، وثمة نديَّ لم يزل عالقًا بزجاج شبابيك سيارات التاكسي والسيارات الخصوصية التي كانت تمرّ عـلى بعـد خمسة أمتار من موقف الحافلات.

كانت تحدّق في الصباح الذي بدا لها مختلفًا تمامًا، وغامضًا، لكنها لم تكن تعرف ما الذي يمكن أن تفعلـه بالـشمس التـي أشرقـت فجـأة وزغللـت عينيها.

نفضتْ رأسها، نظرتْ في الاتجاه الآخر، حيث يجلس عصام، ومن فـوق كتفه، رأته هناك واقفا يحدّق في الحافلة: شقيقها أمين.

ارتجفتْ.

36

9

لم تكن أم الأمين ترغب في أن يكون مولودها الثالث بنتا، ولم تكن تفهم، أو تتفهّم ذلك الحماس الذي حوّل زوجها إلى طفل، كما لو أنه ينتظر ابنه الأول، ما إن بدأ بطنها يستدير.

الفرح مُعْدٍ...

مثل الحزن...

أدركتْ هذا، حينما بدأت تضبط نفسها متلبِّسةً في خيالات كثيرة، عن بنت جميلة تأتي، تملأ البيت فرحًا، تمشّط لها شعرها الكستنائي وتضفِّره في جديلتين صغيرتين تحتضنان وجهها المستدير كشلالين!

حين دخل جنينها شهره الخامس، بدأت باستغلال كلّ خبرتها في الخياطة، لإعداد ملابس لطفلتها القادمة، حتى قبل أن تتأكد من أن القادم الجديد بنت لا ولد.

كانت أم الأمين قد التحقتْ، فور إنهائها المرحلة الإعدادية، لمدة عامين، بمعهد مهني متخصّص - فرع الخياطة؛ تخرَّجتْ منه بتفوُّق، وأكملتْ مشوارها ذاك بشراء ماكينة خياطة من نوع (سِنْجر)، ومقصّ فاخر من الماركة نفسها، واكتفت بالمنزل مكانا لعملها، وبعدد محدود من النساء

زبائن لها، لكن انتشار الملابس الجاهزة، تركها وحيدة مع ماكينتها ومقصِّها آخر الأمر.

... ومع أنها لم تكن امرأة مدللة في أيّ يوم من الأيام، إلا أنها تعاملت مع نفسها أثناء الحمْل، بحرص شديد؛ تتحرّك ببطء، ولا تقوم بأي حركة مفاجئة؛ تنتبه لكل عتبة أو حافة، تنظر للأدراج بريبة، سواء صعدتْها أم نزلتْها، وتحرص على وجود مسافة أمان بينها وبين أبو الأمين ليلًا، مخافةَ أن تتحرّك يده فجأة، أو حتى قدمه أثناء النوم، بسبب كابوس أو حلم ثقيل، وتقع تلك اليد، أو تلك القَدَم، بقوة على بطنها.

أبو الأمين لاحظ حرص زوجته، وبدا مسرورا، وفي الوقت الذي لم يكن فيه الولدان يكفّان عن اللعب وافتعال المشاكل تحت قدميه، كان يتخيّل البنت، تتطاير مضيئة بجناحين صغيرين حول رأسه، في فضاء الغرفة وهي تكركر مثل كروان!

من تلك الصورة خرج اسم منار، كما خرجت منار نفسها من رحم أمها.

"سأسميها منار؛ ما رأيك"؟ سأل زوجته.

ألقتْ أم الأمين نظرة للبعيد، وصمتت قليلا، وراحت تبسم، وقالت: "يشبهها الاسم؛ هل ترى الآن منار، مثلما أراها"؟

"وكيف تعرفين أنني أراها"؟

"ما دامتِ ابنتك مثلما هي ابنتي، فلا بدّ أن تراها مثلما أراها الآن"!

✳✳✳

ولِدَت منار يوم ثلاثاء، في الساعة الخامسة وعشرين دقيقة صباحًا، في تلك اللحظة التي أشرقت فيها الشمس؛ صرختْ صرختها الأولى فانتشر الضوء غامرًا الأرض.

ذهب أبو الأمين من فوره إلى مصنع الإسمنت وقدَّم طلبًا للحصول على إجازة مدّتها أسبوعان، لكنهم قالوا له: "لا نستطيع أن نستغني عنك، كلّ هذه الفترة، أسبوع واحد يكفيك"!

خرج من المصنع شاتمًا المصانع وأصحابها: "وما الذي يمكن أن أفعله في إجازة مدّتها أسبوع، هل سينهار المصنع على رأس من فيه إذا ما ابتعدت عنه أسبوعين"؟!

وكما توقَّع، طارت الإجازة قبل أن يفرح بصغيرته، أو يـشبع منهـا، كـما يقال؛ كـما لو أنه كان يتوقَّع أن يراها تمشي في مساء اليوم السابع لإجازته!

❊❊❊

حين استطاعت منار الوقوف على قدميها لأول مـرة، وكانـت في وسط الغرفة الضّيقة، انحبسَتْ أنفاس الجميع، إذ بـدا لكـلِّ واحـد مـنهم أن أيَّ كمية من الهواء يمكن أن تخرج من صدر أحدهم، ستكون كافية لكي توقِع الصغيرةَ أرضًا.

لكنها لم تقع، راحتْ تحدِّق في وجوه الجميع وقد أحسّتْ بحجم المفاجأة التي تسكنهم، كما أحسوا بحجم المفاجأة.

كانت المفاجأة الثانية التي أشرعـوا أعـينهم ينتظرونها، هـي أن تخطو خطوتها الأولى، وفعلتْها؛ تأرجحتْ قلـيـلًا، وبـدا أن إحدى رجليها عـلى وشك أن تخون الأخرى، مالـت كـشُجيرة سرو تؤرجحهـا ريـح خفيفة، شجيرة غضّة لا تعرف إن كان عليها أن تسند رأسها أم تسند رجليها لكي تتلافى السّقوط!

بصعوبة عثرتْ على نقطة توازنها.

39

عند ذلك وجدوا أنفسهم يهلّلون لها بفرح، ويشجّعونها، كما لو أنها لاعب كرة في فريقهم الوطني، على وشك تحقيق هدف، لصالح البلد، في مباراة ختامية من مباريات كأس العالم!

سُرّتْ منار بتلك الابتسامات الواسعة والأسنان البيضاء التي تخرج من بينها كل تلك الكلمات التي لا بدّ أن تعني شيئًا ما!

وفي اللحظة التالية، حين رفعتْ قدمها، بدأتْ قلوبهم تخفق، وكلّ واحد منهم يدعوها للتقدُّم نحوه. سارت ثلاث خطوات مرتبكات وألقت بنفسها بين يدي أخيها أمين.

أسند أبو الأمين ظهره إلى الحائط، ونظر إلى ابنه الذي كان قد تجاوز الثانية عشرة من عمره وقال له: "عليك أن تتذكّر جيدًا في المستقبل، أن هذه الصغيرة اختارتك لتكون سندها، وأنا فرح بهذا، لأنني لن أعيش لها العمر كلّه، تذكر هذا الأمر جيدًا، وإياك أن تكون أقلّ من هذا".

هزّ أمين رأسه. كان ذلك أول كلام كبير يسمعه من والده، يخاطبه فيه كرجل.

رفع أمين أخته عن الأرض وأجلسها على ركبتيه بفرح.

٭٭٭

يعرف أبو الأمين، أن الناس تتغيّر، لكنه لم يكن يعرف المدى الذي يمكن أن يبلغه تغيُّر ابنه.

أم الأمين، تقدّمتْ من الصغيرة، طلبتْ من أمين أن يُنزلها على الأرض، أنزلها، ثم بدأت بأخذ مقاساتها، وقبل أن يحلّ المساء، خاطتْ لها ثوب عرس أبيض، حوّل الصغيرة إلى دمية لا مثيل لها.

ومنذ ذلك اليوم، لم تخط لها أمها إلا فساتين عرس، ما حوّل الصغيرة إلى زهرة لوزٍ دائمة التَّفتّح.

40

10

لم تكن هناك حكاية تُستعاد في البيت، مثل حكاية خطوات منار الأولى، ورغم أن أمين القديم، لم يعد أبدًا ذلك الفتى الصغير الـذي كـان، إلّا أنّ تلك الحكاية كانت على الدّوام الأكثر تأثيرًا فيه.

حين كان ينظر إليها وهي تستقلّ الحافلة للمرّة الأولى، حين تبعها محاذرًا أن تراه، لم يكن يعرف إن كان يريد أن يطمئن عليها، أم كان يريد شيئًا آخر، هو لا يعرفه، أو لا يجرؤ على التّفكير فيه.

أما منار، فكانت تفكّر للمرة الأولى في حياتها، في ذلك المعنى الحقيقيّ لهذه الكلمة المتداولة السّهلة التي تشغل بال البشر: (شقيق)، سواء كان لهم أشقّاء أم يتمنّون وجودهم.

٭٭٭

أول شيء فعلته حين وصلت الجامعة، هو الانحراف يمينًا باتجاه المكتبة.

سألها عصام: "إلى أين"؟

فأجابت: "يلزمني أن أجلس قليلًا مع القاموس"!

"والمحاضرة"؟

"اسبقني، هناك شيء مهم عليَّ العثور عليه، وإلّا سأمضي الوقت كلّه مُفكِّرَةً فيه".

41

على (لسان العرب) كانت منكبَّةً، مثل فقير باحث عن الذهب في جدول مهجور!

(ويقال: هو أخي وشقُّ نفسي، ولذلك هو شقيقٌ، وجمع الشقيق أشقَّاء، وهذا شقيقُ هذا إذا انشقَّ بنصفين، فكـلّ واحد منها شـقيق الآخـر، أي أخوه، قال أبو زبيد الطائي:

يا ابن أمي ويا شُقيَّق نفسي

أنت خلَّيتني لأمر شديدِ!

ويقال: النساء شقائق الرجال أي نظائرهم وأمثالهم في الأخلاق والطباع كأنهن شققن منهم، والشقائق سـحائب تبعَّجت بالأمطـار الغَدِقـة، قال الهذلي:

فقلتُ لها: ما نُعْمُ إلا كروضةٍ

دَميث الرُّبى، جادت عليها الشَّقائقُ

والشقيقة: المَطرة المتَّسعة لأن الغيم انشقَّ عنها، وشقائق النـعمان، نبتٌ، واحدتها شقيقة، سُمّيت بذلك لحمرتها على التـشبيه بـشقيقة البـرق، وقيل وإنما سمي بذلك وأضيف إلى النـعمان لأن (النـعمان بـن المنـذر) نـزل عـلى شقائق رمل قد أنبتت الشَّقِر الأحمـر، فاستحسنها وأمـر أن تُحمى، وقيـل النعمان اسم الدّم! وشقائقه قِطَعه، فشُبِّهت حمرتها بحمرة الـدّم، وسميت هذه الزهرة شقائق النعمان وغلب اسم الشقائق عليها؛ والشقيقة: فُرْجة في الرمال تنبت العشب؛ والشقيقة: قال أبـو حنيفة لـين مـن غِلَـظ الأرض؛ والشقيقة: طائر).

اكتفت بهـذا. ولكنها قبـل أن تخطو بعيـدًا، تـذكَّرت كلمـة أخرى، فاجتاحتها رغبة البحث عن معناها، لكنّها حين نظرت إلى الساعة، أدركت

أن عليها أن تُسرع إذا ما أرادت الوصول إلى قاعة المحاضرات في الموعد المحدد.

❋❋❋

كطائرة على وشك الإقلاع، كانت منطلِقة، لكن عينيها كانتا هنالك خلفها تبحثان عن ذلك المعنى الحقيقي لكلمة (أب)، وحين راحت أذناها تلتقطان الكلمات المتقافزة على شفاه الطالبات والطلاب حولها، بدت الكلمات بالنسبة إليها، كائنات طفلة تبحث عن معانيها، متنقِّلة من لسان إلى لسان، علّها تلامس قلبًا ما، فيه كلّ وجودها.

43

11

البيت الذي كان ضيّقًا، منذ أول يوم سكنوه فيه، ضاق أكثر، نظـر أبـو الأمين حوله، فبدا مظلمًا كبُئر. هذا الحسُّ كان يتصاعد بمجرد خلوّ البيـت من أفراد الأسرة. صحيح أن بيت ابنه ملاصق لبيته، وصحيح أن في نبيلـة، زوجة ابنه، من اسمها الكثير؛ لكنْ أن يبدأ بالنداء كـأيّ طفـل مُـدلل كلـما احتاج شيئًا ما، أمرٌ لم يكن مقبولًا، ولذا، حاول أن يعتمد مـا استطاع عـلى نفسه.

سيارته الصّفراء، بقيت في المكان الـذي أوقفهـا فيـه آخـر مرّة، وحين وصل إلى الباب ليتفقّدها، بعد أن استطاعوا تأمين كرسيٍّ متحرّك له، وجـد عجلاتها على وشك فقدان الكميَّة الأخيرة من الهواء التي في داخلها، فـرأى فيها صورة لا تختلف عن صورة الكرسي، فكلاهمـا لا يـستطيع الوصـول لمكان أبعد من بوابة البيت، ولذا، أطلق على الكرسي اسم سوبارو أيضًا، لما بينه وبين السيارة من شبه!

✳✳✳

دار أبو الأمين في الحوش الترابيّ، مثل أيّ شخص يجـد نفسه ملقى في مكان غريب، وعندما دفع الكرسي باتجاه المطبخ، داهمـه حـس غريب بـأن شيئًا سيّئًا سيحدث، توقّف لحظة، ولكنّه عاد ليواصل طريقه. عتبة المطبخ

44

كانت العقبة الأولى التي عليه أن يجتازها دون أن ينقلب، ويسقط العالم كلّه فوق رأسه. بعد محاولتين، تبيّن له أن عليه الوقوف مُستعينًا بحلْق الباب: "هذا أفضل"!

لم يكن الأمر مستحيلًا، لكنه كان مؤلمًا.

لماذا ألحّ عليه الشّاي في تلك اللحظة، كما يلحّ الماء على ظامئ تـشقّقت شفتاه؟ لا يعرف.

بقليل من الصّبر والمكابدة أتمَّ العملية بنجاح، وهـو يفكـر: "أيّ أسىً هذا الذي يمكن أن يحلّ بالمرء حين يغدو قيامه بإعداد كوب من الشّاي هو المهمّة الأكثر صعوبة في حياته"؟!

لم تكن مسألة الذهاب إلى الحمّام سهلة، لكنه تعامل معها كقضية كـبرى لا يستطيع أن يمنح نفسه بذخ التّفكير فيما إذا كان يستطيع القيام بها أو لا.

أطفأ موقد الغاز، وضع إبريق الشّاي جانبًا، تأكّد من أنّه يقف في الموقعِ الصحيح مستندًا للخزانة الصغيرة الموجودة تحت الموقد؛ ومدَّ يـده، محـاولًا الوصول إلى الخزانة العلويّة لتناول كوب زجاجيّ.

لم يكد يلمس الكوب حتى رآهُ يفلتُ من يـده ويسقط قـرب الإبريـق، وينفلق قطعتين، كما لو أن صاعقة جهنميّة ضربته.

تلفّت أبو الأمين حوله، وكم سرَّه أن لا أحد هناك يرى ما حصل! لكن تلك اللحظة كانت كافية بالنسبة إليه، لأن يعاف الشّاي وكلَّ مـن يـشرب الشّاي!

تراجع ساحبًا قدمه ببطء، دون أن يرفـع عينيـه عـن الكـوب، ثم عـاد وتجمّد في مكانه.

لا يعرف كم من الوقت مرَّ عليه وهو على تلك الحال، لكن ألمًا فظيعًا كان يعتصره، بعد أن وجد نفسه ينحني ويتناول صفحة جريدة ملقاة ملقـاة

في المطبخ، دون أن ينسى النظر حوله مرّة أخرى ليطمئن أن لا أحد هناك. أمسك الكوب المكسور، وضعه في منتصف صفحة الجريدة، وراح يلّفه بها، ثم انحنى بصعوبة مرة أخرى وألقاه في سلة المهملات، واضعًا كل النفايات الموجودة في السَّلة فوقه، ليخفيه ما استطاع؛ وحين وقف، كان يبكي بحرقة.

❊❊❊

لم يدّخر أبو الأمين جَهدًا؛ حاول أن يصل إلى حلٍّ حقيقي لمشكلة ظهره، ذهب إلى أكثر من مستشفى، وفي كلِّ مرّة كان يغادر عيادة الطبيب، كان يسمع كلَّ الكلام الذي يدفعه بعيدًا عنها.

حدَّثته امرأة عن شلل كاد يصيبها حينما أخطأ الطبيب مكان الإبرة، وحدَّثه آخر عن حالته التي ساءت ولم يعد هنالك مجال لإصلاحها، بعد العمليّة الجراحيّة، وحدَّثه آخر عن خطورة هذه العملية التي تهون أمامها أيّ عملية أخرى، حتى لو كانت عملية قلب! وهكذا اكتفى بممرض متخصص في العلاج الطبيعي، يكتبُ القصص القصيرة، كان يسكن في حيّهم، يُمسّد له ظهره، دون أن يبخل عليهم بعلمه: يشرح لأم الأمين كلّ حركة من حركات يديه، ومن أين يجب أن تبدأ، وأين يجب أن تنتهي؛ وللحقّ، شعر أبو الأمين بتحسّن كاف لبعث الأمل في قلبه.

لكنه ظلَّ يتأرجح على تلك الحافة الرجراجة لشفاء لا يكتمل وأمل لا يبارحه بذلك الشِّفاء.

❊❊❊

أم الأمين، جاءت متأخرة، في يدها عدد من الأكياس البلاستيكية السوداء، قال لها بعتب كبير: "لم تتأخري من قبلُ هكذا يا أم الأمين"! فقالت له وهي تحاول التقاط أنفاسها: "يبدو أنني سأتأخر منذ الآن أكثر

فأكثر، فالسّوق بعيدة، وأنا لم أعد أم الأمين التي تعرفها؛ تعبتُ، وفي الوقت نفسه، أصبح طريقي أطول"!

لم تكن أم الأمين تُلمِّح إلى أيّ شيء حول ذلك الـذي أصـاب زوجهـا، لكنها بدأت تتعب فعلًا، ويُرهقها أن القرش الأبيض الذي كانوا ادّخروه ليومهم الأسود قد غدا رماديًا!

وهكذا، انطلقتْ تُفسِّر له ما قالته، دون أن يـسألها، لكنهـا لم تُـدرك أنها كانت تصبُّ النفط على النار أكثر.

قالت له: "اهتديتُ لسوق شعبية، طالما سمعت عنهـا، صـحيح أنهـا بعيدة بعض الشيء، لكن الفرق بين أسعار سوق حيّنا وبـين أسـعارها هـو الضّعف على الأقلّ، بل قُل أكثر؛ يعني، أن مـا يمكـن أن أشـتريه مـن هنا ويكفينا أسبوعًا، يمكن أن أشتريه من هنـاك ويكفينا أسبوعين، أو حتى أكثر"!

بعد أن أفرغت الأكياس مما في داخلها، استردت أنفاسها قليلا؛ قرنبيط، بطاطا، خيار، جزر، فاصولياء، خسّ، وتفاح، كان واضحًا أنه من الدّرجـة الرّابعة على الأقلّ؛ وطماطم، تحوّلت إلى حساء يسيل على يـدها بمجـرد أن أخرجت الحبةَ الأولى. وكم كان اللون أحمر.. إلى ذلك الحدِّ الذي يوشك أن يكون فيه شبيها بالدم.

انقبض قلبه.

12

توقّفت قليلًا، نظرتْ حولها، ثم عادت تسير مـن جديـد دون أن تُغـادر البسطة الواسعة لبوابة المكتبة. لكنّه تأخّر، لم يحدث أن تـأخر عصام هكـذا من قبل، ولعلها لم تكن قادرة على احتمال أيّ تأخير.

قال لها أمس: إنه سيأتي ويصطحبها معه إلى ذلك المول الكبير الـذي تـمّ افتتاحه مؤخّرًا. وحين تردّدتْ، قال لها: "لا أحد من أهلي أو أهلك يمكـن أن يكون هناك، وربما نستطيع حضور فيلم معًا! هل سبق لك أن شـاهدت فيلمًا في صالة سينما"؟!

هزّت رأسها، كما لو أنها تقول لا.

لم يكن الذهاب إلى أيّ مكان مختلف، هو ما يُغريها، كانت تريد أن تخرج من حالة البؤس التي وجدت نفسها غارقة فيها منذ أن سقط أبوها بين يديّ ذلك الكرسي.

لكن الأمر الذي لا بدَّ مـن الانتبـاه إليـه هنـا، هـو أن أبـو الأمـين كـان يتصرّف أمام كلّ واحد من أفـراد العائلـة بـصورة مختلفـة، دون أن يكون مضطرًا للمكابرة في مسألة ألمه؛ لكن، ما إن تصل منار حتى يتغيّر كلّ شيء، ويبدو متماسكًا بصورة يمكن معها أن يغادر الكرسي ليسير كأيّ واحد مـن أفراد الأسرة!

ولعل حضور منار كان له هذا التأثير، وإلّا فكيف يمكن لـه أن يفهـم، بعد ذلك بشهور، الطريقةَ التي سيرقص فيها يوم نجاحها، وكيف سـيكون خارج كل حرف من أحرف تلك الكلمة البغيضة: (مَرَض).

❊❊❊

أخيرًا، غيرت منار طريق البيت،

أوقف عـصام سـيارة تاكسـي، جلـس بجانـب الـسائق، فرِحًـا بعينين تومضان، في حين جلست هي في الكرسّي الخلفي. وبعد دقائق تـصاعدت نغمة هاتفها مُعلنة عن مكالمة.

أجفلت، وأجفل عصام.

لم تجب، فسألها عصام: "ألن تجيبي"؟

هزّت رأسها، كما لو أنها تقول: لا. وهي تحدّق في الرّقم محاولةً معرفتـه، إلى أن تذكّرت أنها لا تعرف حتى تلك اللحظة، رقمًا آخرَ غير رقم البيت.

وضعت الهاتف في حالة صمت. بعد أقل من دقيقة، كـان الـرّقم نفسه يظهر على الشاشة ويدها الممسكة بالهاتف تهتزّ، كما لو أن العـالم كلّـه ينظـر إليها منتظرًا خطوتها التالية. نظرتْ عبر النافذة، كانت هناك سيارة بيضاء حديثة مكشوفة تقودها طالبة جامعية تُلصق الهاتف بأذنها اليـسرى وتُطلـق ضحكة عالية تملأ الشارع.

❊❊❊

طوال الرّحلة التي بدت أطول من عام، لم ينطُق أيّ منهما بكلمة، سـوى تلك الكلمات القليلة التي قالهـا عـصام ليخبـر الـسائق عـن المكـان الـذي يقصدانه. كان الارتباك واضحًا، لأن الصّمت فاضح، كـما الكـلام الـذي يقال مُنتَزَعًا، فقط، لأن الشخص الذي يردّده لا يعرف في تلك اللحظـة مـا يمكن أن يقال.

49

سائق التاكسي احترم الصمت، إذ بدا له أن راكبين صامتين هما أفضل استراحة بين راكب ثرثار وبين نفسه التي يصيبها الملل بين حين وحين وتدفعه لفتح تلك المواضيع المثيرة التي لا يعرفها سوى سائق سيارة تاكسي.

✸✸✸

بمجرد أن دخلتْ منار المول، أحست بدوار غريب، إذ بدا مشهد الناس فوق السّلالم الكهربائية المتحرّكة، مع كلّ تلك الأضواء السّاطعة، أشبه ما يكون بمشهد مقتطع من فيلم خيال علمي. أحسّتْ برأسها فارغة تمامًا، وحين وضعت قدمها على أول درجة في السُّلم الصّاعد، هيِّئ لها أن نهاية السُّلم موجودة، لا بدَّ هناك، في السماء!

لاحظ عصام ذلك، لكنه لم يجرؤ على مدِّ يده ليمسك بيدها وسط تلك القيامة الأنيقة.

اكتفيا بالجلوس إلى طاولة بعيدة في داخل مقهى، كانا الوحيدين هناك، أما بقية الزبائن فكانوا في الخارج، جزءًا من حركة المول.

✸✸✸

بحث عصام عما يمكن قوله، فعثر في زاوية مهملة من ذاكرته على تلك الطُّرفة؛ بلا مقدِّمات قالها، وللحظة بدت بالنسبة إليه أنها بلا معنى، وأنه صاحب أثقل دم في العالم، لكنّ النتيجة كانت باهرة. إذ راحت منار تضحك إلى ذلك الحدّ الذي شَعر معه بالخوف وهو يتلفّت حوله:

شرطي محشِّش أمسك إرهابيًا وبدأ يضربه بعنف شديد وهو يسأله: اعترف، كم مرَّة فجَّرتَ نفسك؟!

أشرق وجهها، وبدت كفتاة يابانية فعلًا، بشعرها القصير، وبشرتها النضرة، ووجها الصغير، وعينيها اللتين اتّسعتا لتحتلا ثلث وجهها على

50

الأقل. سألته طُرفةً أخرى. نظر إليها غير مصدِّق، دون أن يكفّ عن البحث في ذاكرته عن طرفة أكثر تأثيرًا:

واحد كان يدخّن دائمًا سجارتين معًا، سألوه لماذا تفعل ذلك؟ قال: واحدة لي وواحدة لصاحبي السّجين. بعد فتره أصبح يدخّن سيجارة واحدة، قالوا له: أكيد، صاحبك خرج من السجن! فقال: لا، ولكني أقلعتُ عن التدخين!

ضحكت منار من كلِّ قلبها، في الوقت الذي عاد لعصام ارتباكه، وقبل أن تتمَّ كأس عصيرها، فوجئ بها تسأله: "ألم تقل لي إنك ستدعوني إلى السينما"؟ كانت في تلك اللحظة أشبه بفتاة غير تلك التي عبر معها بوابة المول.

"هل تريدين ذلك فعلًا"؟

"ولماذا جئنا إلى هنا"؟

دفع الحساب، مع أنها أصرت على دعوته، وحين خرجا كانت المسافة التي تفصلهما أقلَّ بكثير من تلك التي كانت تفصلهما قبل دخولهما.

***

في قاعة السينما التي كانت تعرض فيلم (There will be blood / سيكون هنالك دم) للممثل دانيال داي لويس، بدأت منار تبكي بصمت، ففي تلك العتمة أدركت لأول مرّة كم عاشت بعيدة عن ابتسامتها.

امتدت يده واعتصرت يدها، لكنها لم تكن هناك.

13

بعد أسابيع طويلة أمضاها أبو الأمين في الفِراش، كان لا بـدّ لـه مـن أن يلجأ للخيار الأخير.

ذات ليلة، قال لمنار: أطلبي لي أخاك في دُبَي.

ترّددت منار قليلًا، فهي تعرف أن أخاها الذي سافر قبل شهر واحد من دخولها الجامعة، لم يعد لزيارتهم أبدًا، وأن آخر شيء يمكن أن يفكّر فيه هو أهله.

❊❊❊

من معهد للكمبيوتر تخرج عبد الـرّؤوف، بعـد التحاقـه بأحـد البنوك، وبعد عامين، أرسله البنك ليعمل في فرعه في مدينة دُبي.

أبو الأمين كان فخورًا بابنه وهو يراه يحقق هذا النّجاح، غير معتمد عـلى أحد، لكن فرحته بولده طارت حين اكتشف أنه أكبر بخيل رآه في حياته، إذ عمل المستحيل، دائمًا، ليجدَ كلَّ الذّرائع التي لا تجعله يُخرِج فلسًا واحدًا من جيبه. وبعد شراء أبو الأمين للسيارة، أمضى سنته الأخيرة معتمدًا على أبيه، يوصله للبنك صباحًا، ويعيده منه للبيت ظهرًا.

أبو الأمين كان فرِحًا بأن لديه ولـدًا يلبس ربطة عنـق أنيقـة، وثـلاث بِذْلات رسمية لا بأس بها، اشتراها له من أحد محلات الملابس المستعملة؛

ولذا، لم يكن يعنيه أن يفكّر بكلفة التأخير الصّباحيّ التي تمثل ذروة من ذُرى العمل لأي صاحب تاكسي.

أكثر من مرّة رجاه أبوه: "يا عبد الرّؤوف، أرجوك، يجب أن نتحرّك قبل عشرين دقيقة على الأقل من موعد بدء عملك، كي نتحاشى أزمات السير، صحيح أننا نصل في الموعد المحدد تقريبًا، إذا ما غادرنا قبل ربع ساعة، لكن ذلك يجعلني متوترًا طوال النهار، لذلك أرجوك، امنحني الدّقائق الخمس التي أطلبها منك، ولا أريد منك شيئًا سواها"!

لكن عبد الرّؤوف الذي كان يتمتّع ببرود أعصاب استثنائي، لم يمنح أباه الدقائق الخمس تلك أبدًا.

✳✳✳

بعد أن أنهى عبد الرؤوف شهره الأول في الوظيفة، توقّع أبو الأمين أن يقول له ابنه: "تفضّل، هذا هو الرّاتب، ولا أريد منه سوى ما يكفي لمصروفي الشّخصي"! كما فعل أبو الأمين مع والده الحاج أمين حين استلم راتبه الأول من مصنع الإسمنت؛ ولم يكن سيقول لعبد الرؤوف إلا تلك الكلمات التي سمعها من أبيه الحاج أمين: "يا بنيّ، وهل تعتقد أنني ربّيتك وعلمتك كي آخذ عرَق جبينك في النهاية، أنجبتك وعلّمتك لتكون رجلًا، وأن تكون رجلًا، هذه هي هديتكَ التي تُقدّمها إليَّ اليوم، ولا أظن أن هناك هديّة أكبر منها، كلّ ما عليك أن تفعله الآن هو أن تدّخر مالكَ لكي تكون مستعدًا لتكوين أسرتكَ في يوم أتمنّى ألّا يكون بعيدًا"!

✳✳✳

تعامل عبد الرّؤوف معهم كما لو أنه لم يزل طالب مدرسة، ولم يُتح لهم فرصة أن يروا راتبه ولو بالعين!

53

فكّر أبو الأمين: "لعله بحاجة لراتبه الأول، وهو شاب؛ كما أنني أرى بعيني كلَّ صباح موظفي وموظفات البنك بملابسهم الأنيقة، لا بـد أنـه يفكر بشراء بِذْلَة محترمة، فربما يحالفه الحظ ويجد زميلة جميلة يتزوّجها"!

لكن الشهر الثاني مرّ كالأول، وبقيت البِذْلات التي اشتراها له والده هي نفسها التي ظلّ يرتديها.

أم الأمين، لم تكن تختلف كثيرًا عن زوجها، ولكن الأمـر كان يغيظها: "على الأقل كان يمكن أن يحمل هديّتين صغيرتين لي ولأخته حلوان راتبه الأول"! أسرَّت لزوجها بما تفكر فيه، فقال لها: "إياك أن تطلبي منه شيئًا، سألاحق العَيَّار لبـاب الـدّار، كـما يقـال، وأنتظـر مـا الـذي سيحدث في النهاية"!

ولم يتغيّر شيء؛ وهذا ما خلَّف غصّة في حلـق أبـو الأمـين لا تفارقـه، في الوقت الذي ظلَّ عبد الرّؤوف يساوم أباه على تلك الـدّقائق الخمـس التي يطلبها منه صباح كلِّ نهار، دون جدوى.

✳✳✳

ذات يوم، وكما يحدث عادة، اتّخذ أبو الأمين مكانه خلف مقود السـيارة، بعد أن غـسلها ولمّـع زجاجهـا جيـدًا. أطلـق بـوق السـيارة مرّة، مـرتين، يستدعي ولده، لكن شيئًا لم يحدث، فوجد نفسه يقود السـيارة مبتعـدًا عـن البيت. كان يغلي كمِرجل؛ بعد ثلاث دقائق أوقفَها، وعاد ثانية؛ لم يطاوعـه قلبه أن يترك ابنه أمام الباب.

حين عاد، كان عبد الرؤوف يخرج في اللحظة ذاتها، أشرع باب السيارة، وقال لوالده: إتسهّل.

للمرّة الأولى أحسَّ أبو الأمين بأنه ليس أكثر مـن سـائق، ولـذا، أمـضى المسافة بين باب البيت وباب البنك صامتًا، لا رغبة له في قول أيّ كلمة.

54

﹡﹡﹡

تمنّى أبو الأمين أن يكون ابنه أيّ شيء، إلّا أن يكون بخيلًا، لكن هذا ما حدث؛ وحين سأله ذات مرّة ساخرًا: "أرجو أن تكون حريصًا على راتبك، بحيث تضعه في مكانٍ آمن"!

ردَّ عبد الرؤوف: "راتبي أصلًا، لا يخرج من البنك"!

"الله يوفقك"! قال أبو الأمين، وهو يتبادل نظرات ذات معنى مع زوجته.

﹡﹡﹡

تزوج عبد الرؤوف وذهب إلى دُبي.

حين أوصلهما أبو الأمين للمطار، قال لهما: "ننتظركما أن تعودا ثلاثةً في الصيف القادم إن شاء الله"!

ابتسمت زوجة عبد الرّؤوف، لكن زوجها قطع ابتسامتها من منتصفها: "ولماذا نستعجل أمرًا كهذا، فكما ترى الغلاء لا يُحتمل هنا، فما بالك في مدينة مثل دُبي"؟!

﹡﹡﹡

"اطلبيه، حاولي مرّة أخرى".

"حاولت ثلاث مرات دون جدوى؛ أكيد مشغول، وسيتصل بنا في وقت لاحق، فرقم هاتفنا سيظهر لديه".

لكنه لم يتّصل.

خمس ساعات كاملة انقضت، كانت السّاعات الأكثر حلكة في تلك الليلة.

﹡﹡﹡

امتدت يد منار إلى حقيبتها الصغيرة، بحثت عن حافظة نقودها، ومـن زاوية خفية من زواياها، أخرجت الثلاثين دينارًا، وما إن رآهـا أبـو الأمـين حتى قال: "ألم أقل لك حين أعطيتك إياها بأنني لا أريد أن أراها؟ أعيديها إلى مكانها، سيحلّها الحلَّال"!

14

كان لا بدَّ من الحلِّ الأخير، الحلِّ الذي ظلَّ أبو الأمين يدفعه إلى آخر جمجمته، كما لو أنه يريد أن يُخرجه منها إلى الأبد.

***

عودة أمين خائبًا من إدارة ترخيص السائقين، بلا رخصة عمومية، وللمرّة الثانية على التّوالي، دفعتْ والده للاتصال بمكتب لسيارت التاكسي، والطّلب من صديق تعرَّف إليه فيه، أن يشير عليه بسائق سيارة جيد ليعمل على السّوبارو.

"اقتنعتَ أخيرا"؟! قال له أحمد، ذلك العجوز الذي يمكن أن يُطلق عليه أبو الأمين صفة صديق دون تردّد كبير؛ هو الذي ساعده كثيرًا في بداية عمله وأرشده، وفتّح عينيه على عالم سائقي سيارات التاكسي، كما لو أن أبو الأمين لم يسمع بهذه المهنة من قبل.

أكثر من مرّة اتّصل به المكتب عارضًا عليه تسليم السيارة لأحد السائقين قبل أن تهترئ وهي واقفة مكانها.

" لم أقتنعْ، ولكني مجبر على هذا الاقتناع".

"أظنّ أني أعرف سائقًا ابن حلال، إذا لم يبدأ العمل على سيارة في مكتب آخر، فسأرسله إليك"، وأضاف: "لا شيء يجعل السيارات تتلف وتشيخ

أكثر من بقائها مركونة أمام باب، والشيء الغريب أن كـلَّ مـارٍّ في الطريـق يتجرأ عليها ما إن يُحِسّ بأنها لا تتحرَّك"!

تلك الليلة لم ينم أبو الأمين، وبعد منتصف الليل بقليل، أحسّ بأن عليه أن يتحرَّك، ألَّا يبقى في مكانه أيًّا كان السبب، نهض ودار في الغرفة متكئًا على كلِّ ما يمكن أن يسنده، وحين تعِب، ألقى بجسده بين ذراعي الكرسي المتحرِّك.

فتح الباب وخرج للحوش الصَّغير، تأمل السماء؛ بدتْ له النجوم ساكنة في مكانها، لكنه كان يعرف أنها تتحرَّك، وأن الأرض تحته تتحرَّك مثل عجَل سيارة لا يكف عن الدَّوران. عند ذلك، تحرَّكت يداه نحو العجلتين، وبدأ يدور ببطء في البداية، ثم راحتْ حركتُه تتسارع أكثر فأكثر.

على ذلك الصوت الغريب استيقظت منار، تقدَّمتْ نحو باب غرفتها الصغيرة، الغرفة التي لا يتعدَّى حجمها حجم مطبخهم البائس، ووضعتْ أذنها على الباب. لم يكن عليها أن تبذل الكثير من الجهد لتعرف أن اللهاث الذي يصلها من الخارج هو لهاث أبيها، وأن الصوت الصَّادر عن الاحتكاك بتراب وحجارة السَّاحة هو صوت عجلتي الكرسي المتحرِّك. ترَدّدتْ كثيرًا، قبل أن تشقَّ الباب وتنظر للخارج؛ لكنها فعلتها أخيرًا، وبعـين واحدة ممتلئة بالدمع، رأته هناك في العتمة يدور بجنون.

بهدوء أغلقتِ الباب، وواصل صوت العجلتين تصاعده، إلى أن احتلَّ رأسها تمامًا.

✳✳✳

بعد ضحى اليوم التالي بقليل، طرقتْ يدُ الباب، سارتْ زوجتُه عـدَّة خطوات، قبل أن يفاجئها: "سأفتح الباب بنفسي"!

58

اتكأ على حلْق باب الغرفة، وسار بمحاذاة الحائط.

عادت تلك اليد تدقّ من جديد، وقبل أن تنتهي، أشرع باب الحـوش، فوجد نفسه وجهًا لوجه مع شاب يراه للمرّة الأولى.

"صباح الخير. أنا يونس، السائق الذي حدَّثك عنه العم أحمد".

"أهلا وسهلا. تفضل".

"من الأفضل أن نبدأ، لأن أمـامي عمـلًا طـويـلًا"، وأشـار للسّـيوبارو القابعة في مكانها أشبه بهيكل عظميّ لحيوان منقرض.

"هل كنتم تديرون المحرِّك باستمرار"؟

"كل يومين تقريبًا".

"هكذا لا يبقى عليَّ سوى أن أجـد حـلًّا لمسألة عجلاتهـا المُفرغـة مـن الهواء؛ ثم عليّ أن أغسلها جيدًا بحيث أستطيع العـودة بهـا للـشوارع مـن جديد". وصمت قليلا قبل أن يضيف: "هل هنالك مشكلات في السيارة يجب أن أعرفها؟ أنتَ تعرف، لا بدّ أن يكون السّائق على عِلم بكل شيء في هذا الموضوع؛ لا مؤاخذة، مثل الأطباء الذين يتقصّون التاريخ المَرضيَّ لكلِّ من يدخل عياداتهم"!

"لم تكن تعاني من شيء حين أوقفتها هنا في المرّة الأخيرة"!

"ولكنني أخشى أن تكون تضرَّرتْ بسبب وقوفها، فكما تعرف..."!

لم يتركه أبو الأمين يُكمل وهو يحاول إخفاء ألمه ما استطاع، قـال: "... فلا شيء يجعل السيارات تتلف وتشيخ أكثر من بقائها مركونة أمام باب".

"يسلم ثمَّك[2]"!

❊❊❊

―――――――――――――

2 - فَمُك.

لم يدخل أبو الأمين في تفاصيل الاتّفاق، ترك الأمـر لـصديقه في مكتـب التاكسي، قال له: "ما تقرّره أوافق عليه".

فطمأنه العجوز أحمد: "كن مطمئنًا، لن يحدث إلّا ما يُرضيك".

❊❊❊

بجانب الحائط، داخل قلب الظلِّ الذي لم تبدّده الأنوار الشاحبة المتسللة من النوافذ والشرفات المقابلة، قرب بيت صديقته تمـام، كـان أمـين يـسير بحـذر، حينـما رأى ذلـك الفـراغ الرَّهيـب الـذي احتـلَّ مكـان سيارتهم السّوبارو.

فجأة، غادر الظلَّ وراح يجري نحو البيت مثل مجنون.

طرَق باب بيت أبيه مرتين، وحينما لم يُجِب أحد، في تلك الساعة المتأخّرة من الليل، مضى نحو باب بيته، وقبل أن يطرقه، فتحتْ زوجته نبيلة الباب.

"أين السيارة؟ ما الذي حدث لها"؟!

"أتريد أن تفتح معي تحقيقًا هنا في الشارع، وفي مثل هذا الليل"؟!

دخل، وحين عَلِم بما حدث جُنَّ جنونه: "كيف يُسلَّم السيارة لشخص غريب، كيف يأمن جانبه"؟

"أبوك قال إن الشاب يبدو محترمًا، وإن المكتب أوصى به".

"أي مكتب وأيّ احترام؟ ألا تعرفين السائقين وأخلاقهم"؟

"أعرف أباك على الأقل، وهو الاحترام نفسه"!

"لا تَزُجّي بأبي في الموضوع، أم أنكِ تريدين افتعال مشكلة؟ هل تريدين أن يتفرّج الناس علينا في مثل هذه الساعة"؟

هامسةً، وساخرةً قالت لـه: "لاحظ أن الناس لم ولـن يسمعوا إلا صوتك".

نظر إليها، وسار باتجاه الباب الخارجي يزمجر.

60

"لعلّها لم تنم بعد. اذهب إليها"!

"ماذا تقصدين"؟

"لا شيء. ولكن إياك أن تعتقد أن ستائر الشبابيك تستطيع أن تحجب النظر"!

***

في نهاية الأسبوع توقّفت السّوبارو أمام الباب، ترجّل السائق يونس منها، بقامته المتوسطة، وشعره الناعم وعينيه الذّكيتين العميقتين، وقبل أن يشرب شايه في ذلك الحوش الضيّق، مدّ يده إلى جيبه، وأخرج المبلغ المتّفق عليه، ناوله لأبو الأمين الذي كان يجلس على كرسيّه المتحرّك. "هذا نصيبكم؛ كنت أتمنى أن يكون أكبر، ولكن أنت تعرف، أسعار الوقود ارتفعت، وكذلك أسعار زيت المحرّك، والسيدة سوبارو! لم تسمع بما حدث، ولذا تستهلك ما تستهلكه سيارتين جديدتين"! قال يونس.

"لا عليك، أفهم ذلك لأنني هرمتُ أكثر منها"!

"لا تقل هذا يا أبو الأمين، فأسوأ ما يمكن أن يحدث هو أن يستسلم الإنسان لمثل هذه الأوهام ويصدِّقها"!

في تلك اللحظة أحس أبو الأمين أنه يستلطف يونس. أما الشيء الذي خطر بباله، ولم يكن يظن أنه يمكن أن يخطر أبدًا: "هذا شاب طيب كما يبدو لي، لماذا لا أطلب منه أن يوصل منار للجامعة ويعود بها؟ هكذا، يمكن أُريْحها من مشقّة مشوارها اليومي، حتى لو اضطررتُ للتنازل عن جزء من حصتي"؟

***

أمين وضع رجليه في الحائط وقال: مستحيل. لكن أباه قال له: "ليس أمامنا حلّ آخر إلى حين حصولك على رخصة عمومية"!

لكن ما حدث بعد ذلك أشرع باب النهاية على مصراعيه.

15

قبل وصول يونس، واستلامه السيارة، احتلَّت البيتَ فكرةٌ واحدة، هي أن يترك أنور المدرسة ليساعد الأُسرة.

منار قالت له: "إياك أن تفعل ذلك. لقد حاولوا معي كثيرًا، ورفضتُ حين كنتُ في عمرك، صحيح أن أبي ساعدني، ولكني رفضتُ أيضًا. اسمعني، حتى لو رأيتنا نموت، لا تترك المدرسة؛ وأنا أعدك: كلّ شيء سيتغيَّر بعد أقلّ من عام؛ سأتخرج، وأعمل، ولن أتركك تحتاج شيئًا، سأعلِّمك، وستصبح ما تريد". وتوقَّفت لحظة وهي تتأمل وجهه البريء كوجه فتى في العاشرة: "لم تقل لي، ماذا تريد أن تصبح"؟

زمَّ عينيه الصّغيرتين وقال: "لا أعرف"!

"ستحدّد الذي تريده قريبًا، فلم تزل أمامك سنتان حتى تُنهي الثانوية العامّة، وخلالهما، تأكَّد أنك ستعرف نفسك أكثر، وستحدّد طريقك بنفسك".

***

لسبب غامض، لا يعرفه أحد، كانت السَّنة الحاسمة في حياة أبناء أبو الأمين هي الصفّ العاشر، فأمين تجاوز التاسع وتوقّف قطاره في نهايته غير قادر على قطع نصف متر آخر، وعبد الرّؤوف، كذلك، إذ كان معجبًا بتلك

الحرية التي حظيَ به أخوه الكبير، فاتخذه مِثالًا أعلى، يقلِّده في كلِّ ما يعمل؛ لكن أبو الأمين قال له: "أفهم أن يترك المدرسة واحدٌ مثل أمين، لأنْ لا رجاء منه وفيه، ولكن أعجب أن تفكِّر أنت بذلك، أنت الـذي لا ينقصك العقل، كما أن علاماتك المدرسية جيدة، والحمد لله".

وحين رآه أبو الأمين مصمِّمًا، قال له وهو على وشك الانفجار: "بما أنك أصبحت رجلًا لتقرر ما هو المناسب لك بنفسك، فيمكنك أن ترحـل عـن هذا البيت، وتستقلّ بحياتك كما أصبحتَ مستقلًّا برأيك"!

غاب عبد الرؤوف ثلاث ليال، كانت الأقسى في حياة والده، عاد بعدها منهكًا، نام يومين، وحين استيقظ استحمّ، فبدا ذلك الشاب الصغير الـذي تخلص من كل تلك الأفكار التي راودته.

ولم تكن أم الأمين نفسها خارج لعنة الصفّ العاشر، فقد أُغلقتْ بوابتـه في وجهها تمامًا، وظلتْ تدور حول نفسها إلى أن عثرت عـلى بوابـة معهـد الخياطة.

✳✳✳

أمسكت منار بيد أنور وحدّقت في عينيه مباشرة، وهذا ما لم تفعله في أيّ يوم من الأيام مع أيٍّ من أخوتها، وقالت له: "إذا قالت منار إنها لن تتخلَّ عنك، فهي تعني ذلك تمامًا، المهم ألّا تتخلَّ عن نفسك"!

أبو الأمين عَلِمَ بما دار بين منار وبين أخيها، ولولا أنّه وعدها بأن يرقص يوم نجاحها، لقال: "لو متّ الآن، فإنني لن أكون حزينًا"!

64

16

تحوَّل الهاتف النقَّال إلى لعنةٍ حقيقية، حين وجدت منار نفسها ذات يـوم مضطرة لأن تجيب على تلك المكالمة.

كان إلحاح صاحب ذلك الرّقم كافيًا لتـدمير أعصابها؛ يهاتفهـا في كـلِّ وقت؛ داخل الجامعة، في قاعات المحاضرات وفي المكتبة، في الحرم الجامعي، في الحمَّامـات، في الكافيتيريـا، وفي طريقهـا للبيـت، في الحافلـة، وفي البيـت نفسه، وما إن بدأ يونس بإيصالها للجامعة والعودة بها، حتى تحوَّل الهاتف إلى لعنة كبرى.

في النهاية أقفلتْه.

وما إن عادت ذات ظهيرة حتى كانت العاصفة في انتظارها.

"كيف تُقفلين الهاتف"؟ صرخ أمين في وجهها.

"وما الذي يهمّك إن أقفلتُه أم لا؟! هذا الهاتف اشتـراه أبي لي لأطلـبكم إذا ما حدث أمرٌ طارئ، ثم إنني لا أقفله إلَّا في الجامعـة، حـين أكـون في محاضرة أو في مكتبة".

"ولكنني هاتفتكِ منذ عشر دقائق! هـل كنتِ في الجامعـة قبـل عـشر دقائق"؟!

"لا. كنتُ عائدة في السيارة".

"ولِمَ لمْ تجيبي؟"

"نسيتُ أن أفتحه، ثم إنني لم أتوقّع أن يتّصل بي أحد منكم".

"هذا الهاتف يجب أن يبقى مفتوحًا، فهمتِ؟ في الجامعـة، في المكتبـة، في جهنّم! أنا لا يعنيني".

أمسكتْ منار الهاتف وسارت نحو أبيها وامتدَّتْ يدها إليه بالنّقال.

"أعيديه إلى حيث كان. ولكن، احرصي على أن تجيبي إذا ما رأيت رقـم بيتنا".

"حاضر"!

❈❈❈

في اليوم التالي، وقبل أن تصل الجامعة، كان هنـاك مـن يطلبهـا، نظـرت للهاتف الـذي راح يهتـزّ، كـان الـرّقم المزعـج نفسـه، وقبـل الوصـول إلى الجامعة، تكرّرتِ المحاولة خمس مرات على الأقل.

شكرتْ منارُ يونسَ كما يحـدث كـلَّ يـوم، واتّفقـا عـلى موعـد عودتـه: "اليوم، أُنهي محاضراتي عند الثالثة".

"لن أتأخر. مع السّلامة".

أغلقت الهاتف، وهي تعبر بوابة الجامعة.

❈❈❈

"واضح أنكِ مرتاحة مع السائق"!

باغتها صوت عصام القادم من ورائها.

التفتتْ إليه، كان وجهه محتقنًا مثل رمانة ناضجة على وشك التفسّخ.

"ماذا"؟

"سمعتِ ما قلته"!

"أرجوك يا عصام، يكفيني الذي فيّ. وابتعدتْ".

راقبها تسير وسط جموع الطلبة المتدفّقة كنهر. اختفتْ.

٭٭٭

اقترب عصام متردّدًا،

كانت تجلس فوق المقعد نفسه الذي اختارته وإياه من بين كلِّ المقاعـد، وتعلّقت به، كما تعلّق به أيضًا، بحيث بدا المكـان الوحيـد الـذي يمكن أن ينفتح قلباهما فيه. ولذا، لم يكن غريبًا عليهما أن يبدآ بالطَّواف حولـه إلى أن يرياه شاغرًا، فيسرعان إليه.

مثل هذا الأمر، ما كان يمكن أن يغيب عن بعض زملائهما الذين انتبهوا وحوّلوه إلى وسيلة تعذيب لهما: يحتلّه عدد منهم، في الوقت الذي يجلس على مسافة ليست بعيدة عددٌ آخر من الطالبات والطلاب غير قادرين على كـتم ضحكاتهم.

قبل أن يجلس اعتذر لها.

هزّت رأسها بأسى وأشارت له بعينيها أن يجلس.

جلس.

"آسف". قالها مرّة أخرى.

"هل يمكنك أن تصمت قلـيلًا؟ ربـما أسـتطيع أن أسـامحك إن فعلـتَ ذلك"!

وصمتَ عصام طويلًا، بحيث تحوّلت زقزقـة العصافير المتقـافزة فـوق الأغصان إلى ضجيج لا يمكن احتماله.

بعد أقلَّ من ساعة قالت له: "جئتُ اليوم للجامعة من أجل شيء واحد فقط، هو أن أتحدّث معك، ولكنني لم أجدكَ هنا"!

نهضتْ، وبقي جالسًا.

التفتتْ إليه: "يمكنكَ أن تسير معي حتى البوابة".

67

❋❋❋

لم تنتظر منار طويلًا، مـن بعيـد لاحـتْ السّـوبارو، عشـرات الطالبـات والطلاب يشيرون للسائق كي يتوقّـف، ولكـن السّـائق يتجاوزهم باحثًا بعينيه عن تلك الشَّابة الأشبه بطالبة من الطالبات اليابانيات اللواتي يدرسن العربية في قسم اللغات.

يونس لاحظ ذلك الشّبه، لكنه لم يحاول الحديث في الأمر.

ألقتْ عليه التّحية، وكالعادة، قالت له: "أتعبتكَ"! فردَّ وهـو يبحث بعينيه عن ممرٍّ وسط بحر الطّلبة والسيارات: "ليس هنالك أيّ تعب".

❋❋❋

لم تكن السوبارو قد وصلتْ لذلك الجسر الكبير، حين اهتزّت حقيبتُها. أخرجتِ الهاتف، إنه نفس الرّقم، ودون أن تفكِّر ولـو للحظة، وجدتْ نفسها تردّ: مَنْ، ألا تَخْـجَـ...؟

وقبل أن تـتمَّ كلامهـا، جاءهـا الصـوت غاضبًا علـى الجانـب الآخـر: "العاهرة وحدها التي تجيب على مكالمة لا تعرف رقم صاحبها"! وأُغلـق الخط.

كما لو أن صاعقةً أصابتها، راحتْ ترتجف وترتجف، محاولَـة في الوقـت نفسه أن تمسك بجسدها الذي أفلتَ منها، كي لا يلاحظ يونس ما يحدث.

لكنه لاحظ: "هل أنت بخير"؟

"بخيـ..يـ..يـر! خذني للبيت"، أجابت، كما لو أن يونس كان متوجِّها إلى مكان آخر.

❋❋❋

حشرت وجهها في الوسادة وصرخـتْ، استعادت تلك الكلمـة فـراح جسدها يهتزّ بعنف.

ولأيام كان الأمر يتكرّر، كلما تذكَّرت، أو حاولت معرفة صوت مَنْ
كان ذلك الفحيح.

17

لم تعد منار نفسها، تلك الفتاة الأشبه بنسمة بـين صفَّين طـويلين مـن أشجار السَّرو التي تحتضن المباني الجامعية، ذبلتْ.

كلمــة واحــدة كانــت كافيــة لتمزيقهـا، وذهبـت محـاولات عـصام لإضحاكها هباء، بعد أن أصبح حريصًا على جْمع أكـبر عـددٍ مـن الطُّرف لاختيار الأنسب من بينها:

(بخيل كتبَ على باب بيته عبارة: لا تدقّوا الجرس... أنا أفتح الباب كلَّ 5 دقائق!)

لم تضحك.

(أحدهم قتل حماته، سأله الضابط: ما اسمك؟ فقـال: أُكتبْ عنـدك: فاعل خير!)

ولم تضحك.

أراهن أن هذه ستجعلك تضحكين:

(قال الأب لابنه: ما هذه العلامات المخزية؟! حين كـان بيـل غيـتس في مثل عمرك كان أذكى طالب في صفه!

فالتفتَ الولد لأبيه وقال: وحين كان بيـل غيـتس في مثـل عمـرك كان أغنى رجل في العالم!)

ابتسمتُ.

قال لها: ابتسامتك هذه، تكفيني اليوم.

***

أربعة أشهر مرّت على يونس سائقًا للسوبارو. كانت أشهرًا هادئة، نهايات صيف، وبداية شتاء قاس لم تخلُ من تلك المشاكل التي يمكن أن يعاني منها سائق سيارة قديمة، فمرَّة ترتفع حرارة السّوبارو، بحيث يتصاعد البخار من محرِّكها، كما يتصاعد من فم بركان يريد التلفّظ بشتيمة! ومرة تتوقّف وسط بركة كبيرة في أحد الشوارع الكبيرة.

كان يونس قد أعدّ نفسه لذلك كلّه، فلم يكن يغضب أو يزمجر في وجه السّوبارو، أو يشتم صنّاعها وأصحابها وأول من ركبها، كما لم يكن يركلها كعادة السّائقين الذين تخذلهم سيّاراتهم في الأفلام الأمريكية. كان يترجّل، يرفع طرف بنطاله، ويحاول إصلاحها بالوسائل البسيطة المتاحة، كأن يجفّف بعض المناطق في المحرِّك، وبخاصة تلك القريبة من شمعات الاحتراق أو البطارية؛ وغالبا ما كانت الأمور، بعد دقائق، تسير بنجاح.

الشيء الوحيد الذي كان يضايقه فعلًا، هو توقّفها وسط أزمة من أزمات المرور الخانقة في ساعة من ساعات الذّروة، إذ كان يعرف أن كلَّ شتائم العالم تنهال عليه من كلِّ أولئك الذين خلْفه، أولئك الـذين مـا ان يحاذوه حتى يمطروه بنظرات لا تقل في صلافتها بذاءة عن شتائمهم التي لم يسمعها.

***

كان يونس يراقب صمتَ منار الذي راح يتكثّف على مَهل مُخلّفا غيمـة حزن على وجهها.

ذات يوم تجرأ وقال لها: "كنتُ مستعدًا لأن أدفع نصف عمري ثمنًا كي أكون طالبًا جامعيًا لأسبوع واحد"! وحين لم يسمع أيّ تعليق منها أضاف: ومنذ فترة أقول: "مستعد لأن أدفع عمري كلّه من أجل أن أكون طالبًا جامعيًا ليومين اثنين"!

"أإلى هذا الحدّ"؟! سألته، كما لو أنها خجلت من حزنها وهي ترى حزنًا أكبر منه.

"إلى هذا الحدّ"!

ومنذ تلك اللحظة انفرطتْ مسبحة الكلام بينهما، وبدا لها أنه الكائن الوحيد الذي يمكن أن يقول كلَّ ما في قلبه دون خجل. وبعد أقل من أسبوع، كانت تجد نفسها، ودون أن تدري، تنحني حتى تكاد تحشر رأسها في النافذة المقابلة لمقعده، وهي تقول: "مع السلامة. انتبه لنفسك"!

يبتسم يونس بفرح شديد، وتمتلئ عيناه ببريق ليس له سوى معنى واحد: "اطمئني"!

✳✳✳

عصام، كان يراقب ذلك من بعيد، مرّتين يوميًا، وقد بدا أكثر قلقًا حين قالت له ذات يوم وهو يجلس صامتًا بجوارها فوق مقعدهما:

"ألا توجد في جيبك أي نكتة"؟!

ارتبك أكثر، راح يبحث عن واحدة، علَّقتْ: "لا يُعقل أن تكون أفلستَ"!

بتردّد راح يتكلّم: إبليس أصدر شريطًا غنائيًا؛ هل تعرفين ماذا سمّاه؟! قالت: لا.

فقال: (مش رح خشِّ النار لوحدي)!

"حلوة"! راحت منار تضحك بفرح. "فعلا حلوة. واحدة أخرى"!

72

نظر إلى وجهها فبدت بعيدة مثل زرقة السماء: "ليس هنالك غيرها"، أجاب بغضب.

رجَتْه: واحدة أخرى.

صمت قليلا:

نذلٌ، طرده أبوه من البيت، رجع ليلًا وكتبَ على الباب: (هنا مقرُّ تنظيم القاعدة)!

ضحكت، ثم سألته: "ألم تلاحظ أن طُرفك اليوم كلّها تهديد ووعيد"؟!

***

ذات ظهيرة، دخل أمين بيت أهله، وقف في منتصف الحوش، نادى بأعلى صوته: "يا أهل الدار"! كانت امرأته خلفه تحمل ابنتها وتستحثّه على أن يشرح لها ما يحدث، وهو يشير لها بيده أن تنتظر. وأعاد: "يا أهل الدار"! وحينما أطلّوا كلّهم في ذلك اليوم من شهر أيّار، وتأكَّد له أن العيون كلها شاخصة إليه، قال: "مبروك عليكم، ها هي الرخصة العمومية أخيرًا"!

صاحت أم الأمين غير مصدِّقة: "دعني أمسكها بيدي"! ناولها إياها، نظرت إليها بفرح شديد ثم قبّلتها، قالت: "أحمدك يا إلهي. أحمدك من كلِّ قلبي"، وسارت نحو زوجها دون أن تكفّ عن التّحديق في الرّخصة وناولته إياها. تأمّلها أبو الأمين جيدًا، وقال: "مبروك. مبروك علينا كلّنا"!

تقدّمت زوجته نبيلة وأمسكت بالرّخصة التي كان أبو الأمين يهمّ بإعادتها لابنه، وقالت: "ألا يحقّ لي أن أراها أنا الأخرى"؟!

أما منار، فبدا كما لو أنها في مكان آخر، إلى ذلك الحدّ الـذي جعـل نبيلـة تهمس لها فيما بعد: "يُخيّل إليّ أن كـلّ مـن في البيـت فرحـوا هـذا اليـوم بالرّخصة، باستثناء شخص واحد، هل تعرفينه"؟!

"أنا فرحانة أيضًا"!

"ليتني أصدّقكِ"!

18

بفرح شديد كانت منار تبتسم وتبكي وهي تـراه يتقـدَّم فـوق كرسـيّه المتحرِّك صوب الغرفة الصغيرة.

النساء والأغاني تفتح له الطريق، ودمعته مُعلَّقة بطرف ابتسامته.

وصل العتبة، أوقف الكرسي، واتكأ على حلق البـاب محـاولا الوقـوف؛ امتدت يد امرأته نحوه لتساعده، لكنّه أبعدها برفق وهو ينظـر إليهـا ويهـزّ رأسه بحنان.

في ذلك اليوم رقص أمامها كصبيٍّ صغير غير مُصدَّق أيّ هِبةٍ تلك التي منحه الله إياها بعد هذا العمر الطويل؛ غير مصدَّق جسده، جسده الـذي استجاب له بصورة لم يكن يتخيَّلها. وكلما همَّ بأن يتوقَّف استجابة لإلحاح زوجته أمّ الأمين وزوجة ابنه نبيلة، اندفع في الرّقص أكثر وهـو يـرى ذلك الكرسيّ المتحرك يحدّق فيه وينتظره باسطًا ذراعيه المعدنيَّتين البـاردتين أمام الباب.

....

....

....

***

هدأ الليل فجأة، تقدّمت أم الأمين ورفعتْ ساقَ زوجها المتدلّية أمام السرير؛ كانت مسحة حزن تظللّ وجهه، مسحة لم تستطع الظلْمة إخفائها، وعندها سمعتْه يقول: "أترين، ها قد عدتُ إلى عموديَ الفقريّ المتآكل من جديد؛ تعرفين، ما كان عليّ أن أتوقّف أبدًا عن الرّقص"!

خيط أحمر رفيع

1

من طرف الشارع، على بعد أربعة بيوت لا غير، أُشرع باب تمام؛ خرجت بثوبها الأبيض، غناء النساء يحفُّ بها، ونظراتُ الجارات والأطفال الذين يطلّون من النوافذ والشرفات المقابلة، ورجال لا ينتمون بلباسهم وملامحهم لأي لحظة فرح.

أمين أوقف السوبارو أمام الباب؛ زيّنها بزهور بلاستيكية بيضاء، وشرائط ملوَّنة ثُبّتت في مُقدَّمتها، ثم التفّتْ على المرآتين الجانبيتين، وارتفعت لتلتقي متصالبة فوق السيارة، وتنحدر وتثبّتُ أسفل مؤخرتها هناك بماسورة العادم وحلْقة القَطْر.

أشرع لها أمين باب السيارة، رفعتْ إحدى النساء طرف ثوبها، فجلست تمام بجانبه والدموع تتدفّق من عينيها.

"كنا سنفهم بكاءها هذا، لو أنها ستنتقل إلى بيت بعيد، لكنها ستدور دورتين في المدينة لتعود إلى بيتها نفسه"! همست امرأة لأخرى.

✳✳✳

قبل أربعة أيام، كاد الأمر يصل إلى الشرطة، حينما اندفعتْ نبيلة نحو بيت تمام في آخر الليل وراحت تطرقه بعنف، إلى ذلك الحدِّ الذي لم يجد معه أمين حلًّا سوى أن يفتح لها الباب بنفسه.

أمسك نبيلة من شعرها وجرَّها للداخل: "أتريدين أن تسببي لي فضيحة"؟! وفي اللحظة التي همّ بأن يصفعها فيها، أخفتْ وجهها بيديها تحميه.

امتدّت يده وسحبها من كتفها، وخرج بها، في الوقت الذي كانت فيه تمام تستر في الدّاخل نفسها، وتتمتم: "يا فضيحتك يا تمام"!

بمجرد أن أصبح أمين في الشارع، وألقى نظرة على شبابيك وشرفات البيوت المقابلة، أدركَ أن سرَّه الذي لم يكن، تمامًا، في قاع بئر، قد غدا راية فوق سارية.

❊❊❊

"لديكم حلّان: الأول أن أُطلّق نبيلة، أو أن تذهبوا لخطبة تمام الآن"! كانت العائلة مجتمعة في ذلك الضحى، دون أن يستطيع أيّ منهم النّظر إلى وجه الآخر.

"سأخطبها لك"! قالت نبيلة، "سأخطبها لك"، قاطِعَةً الطريقَ على أيّ كلام يمكن أن يقال، وطالِبَةً من أمّه أن تذهب معها.

أبو الأمين جلس صامتًا في كرسيّه المتحرّك.

لم تتحرّك أم الأمين؛ نهضت نبيلة، أمسكتها من يدها، وقبَّلت تلك اليد المرتبكة:

"من أجلي يا خالتي، قومي معي، لا أريد فضائح أكثر"!

"وأين ستسكنان"؟ سألته أمّه.

"في بيت تمام نفسه، يعني، لن يكون هناك أيّ لقاء بينها وبين نبيلة"؟

"أنتَ خططتَ لكلِّ شيء إذن"؟! سأله أبو الأمين.

"وهل تريدون أن يستمر الوضع بيني وبينها على ما هو عليه"؟!

"وماذا تتوقّع منا أن نُجيب"؟!

"ما قلته لكم هو آخر كلامي"!

"وما الذي يمكن أن تقوله لأهل نبيلة، لأختك حين تعود من عملها، وأخيك أنور حين يعود من مدرسته"؟ سألته أمه.

"وهل عليّ أن أربط حياتي بما يمكن أن أقوله لهم. هم أحرار"!

"وأنت تعتقد أنك حرٌّ بفعلتك هذه"؟! سأله أبوه.

"لقد قلت ما لدي، ولم يعد أمامكم سوى أن تختاروا أحد الأمرين"!

"قومي يا خالتي، من شان ألله".

"سنذهب، سنذهب يا ابنتي، ولكن اتركوني الآن". وقفت أمّ الأمين، اتّجهت لغرفتها، وأغلقت الباب وراءها.

✳✳✳

كانت نبيلة ابنة خالة أمين، ولم يكن من السَّهل على أمّ الأمين، أو أبيه، أن يأتيا إليها بضُرَّة. تلك الفتاة النبيلة التي رفضت الزَّواج منه في البداية، في حين أعلن أنه لن يتزوج طوال حياته إن لم يتزوجها.

في النهاية، بعد أكثر من عامين، لانت قليلًا، وذات يوم قالت لأمها: "ربها سيتصرف بمسؤولية مثل كرجل بعد أن يتزوّج"!

لم يكن أحد من أسرة نبيلة راضيًا بقرارها، لكنّهم وافقوا.

"من تعرفه أفضل ممن لا تعرفه"! قال والد نبيلة يُعزِّي نفسه.

"وهل نعرف شيئًا عنه غير أنه لم يستطع تحقيق أيّ نجاح في حياته"؟

"لا تظلميه كثيرًا، صحيح أنه لم يُكمل تعليمه، ولم يجد العمل المناسب، ولكنه شاب، وفي بداية الطريق، ولكنني سأشترط أننا لـن نزوّجـه قبـل أن يجد عملًا".

ووجده أمين في محطة وقود، فقد كان مستعدًّا لعمل أيّ شيء مـن أجـل الزَّواج من ابنة خالته التي أحرقه حبّها.

81

***

مساء، طرَقتْ أم أمين باب تمام، التفتتْ لوجه نبيلة، كان شاحبًا كالموت، جسدها في مكان وروحها في مكان آخر، جافَّة كحطبة وساهمة كضياع.

تحدَّثت أم الأمين مع أمّ تمام العجوز التي فقدت ثلاثة أرباع سَمَعِها؛ كان عليها أن ترفع صوتها ما استطاعت، في الوقت الذي كانت تحسّ فيه أن العالم كلّه يسمعها، حتى لو بقيت صامتة.

قالت أمّ تمام وهي تسترق النّظر إلى نبيلة: "وهل زوجته موافقة؟ إذا لم تكن موافقة فلن أسمح بزواج ابنتي منه"!

"موافقة"، قالت لها أم الأمين.

"ماذا"؟!

"موافقة"!

"ولكنني أريد أن أسمعها منها، هل أنت موافقة"؟ سألتْ نبيلة.

"موافقة"، ردّتْ نبيلة، وهي تحاول لجم دموعها.

"لم أسمعكِ"!

"موافقة"، صرخت نبيلة بقهر.

"الآن سمعتك. خلاص، على بركة الله. ولكن شَرْطي الوحيد أن تبقى تمام في البيت، فأنا امرأة كبيرة وأريد أن تكون ابنتي إلى جانبي، وكما ترون لم يبق في العمر قَدْرَ ما مضى"!

"اتَّفقنا"!

***

طاف أمين في شوارع المدينة طويلا في ذلك الموكب المكوَّن من سيارة واحدة! دون أن يفارقه خوفه من أن تتعطَّل السيارة وتفسد لحظتها الخاصة تلك؛ لكنّها لم تتعطّل. تمام قالت له: "كأنك نسيت أن العرس وراءنا".

عاد.

إلى جانب تمام جلس أمين في بيت أبيه.

كان العرس باهتا كالأغاني المجروحة التي تتردّد فيه.

أبو الأمين أغلق الباب على نفسه، في حين لم تستطع نبيلة إلا أن ترقص أمام العروسين مثل أيّ طائر ذبيح، كما لو أنها تريد أن تقول: "هذا العرس ما كان يمكن أن يكون لولا موافقتي عليه"!

أم الأمين انسحبتْ بعد دخولهما بعشر دقائق، وجلستْ هناك صامتة تتابع بدموعها الفرح الجارح، في الوقت الذي كانت وشوشات الجارات تفوق بحجمها كثيرًا عدد كلمات الأغاني.

❊❊❊

في اللحظة التي كان أمين يمسك فيها بيد العروس ويتوجَّه بها إلى بيته الثاني، على العتبة مباشرة، التقى بمنار وجهًا لوجه، ولم يكن يلزمه الكثير من الفطنة ليفهم أنها كانت تبكي، لكنَّ ما لم يفهمه هو ذلك الشق الكبير في فستانها عند الرقبة!

2

لم يبق من الشمس سوى حفنة من ضوء في أعلى شجرة التّين.

وكما لم يفعل من قبل، منذ استلام أمين للسّوبارو، جلس أبوه ينتظره في الحوش.

صعدت حفنة الضوء، راقبها وهي تتسلق حائط البيت المجاور لبيته، إلى أن وصلت حافة السَّطح، بهتتْ قليلًا، ثم انزلقتْ بعيدًا.

متأخرًا وصل أمين؛ سمع أبو الأمين محرِّك السيارة يُطفأ، بابها يُفتح، قدمًا تلامس الأرض، تتبعها أخرى. ثم انطباق الباب، وحركة المفتاح في قفْلها؛ وقبل أن يخطو خطوته الأولى ناداه أبوه بأعلى صوته: "أمين"!

٭٭٭

انتظر أبو الأمين طويلًا أن يطرق ولده الباب بنفسه ليقول: "تفضل أبي، هذه حصتكم من الغلّة"! لكنه لم يفعل.

في البداية، وبسبب وجود بعض النّقود التي استلمها من يونس، تغاضى عن الموضوع قليلًا؛ لكن، وبعد مرور شهر ونصف الشهر، كان لا بدّ له من أن يفتح فمه ويتكلّم.

هز أمين رأسه وقال: "أنا خجِل منك"!

"أليس هنالك ما تخجل منه سوى هذا"؟!

"كان العمل في الفترة الأخيرة راكدًا؛ يدور الواحد منا خمسة أحياء قبل العثور على راكب لا يزيد طول مشواره على كيلومترين"!

"لكن هذا الرّاكب يدفع، أليس كذلك"؟!

"يدفع ثمن البنزين الذي أنفقته وأنا أبحث عنه، لا ثمن البنزين الـذي سأنفقه لكي أوصله للمكان الذي يقصده"!

"هذا يعني أن السيارة لا تغطّي مصاريفها"؟!

"عليك نـور! كنـت سأقولها، ولكـن، عمـرك أطـول مـن عمـري، سبقتني"!

"أعطني المفاتيح إذن"، قال أبو الأمين بهدوء، وأضـاف: "لـيس مـن العقل في شيء أن تعمل طوال النهار من أجل لا شيء"!

"ليس إلى هذا الحدّ"!

صمت أبو الأمين، ولم يكن يدري إن كان يحدِّق في العتمة التي تفصله عن ابنه أم يحدِّق في وجه ابنه: "إذا أردت مواصلة العمل على السـيارة فـإن عليك أن تدفع لي ما كان يدفعه يونس على الأقـلّ، وإلا سأسـلمها لـه مـن جديد"!

ارتبك أمين عندما سمع اسم يونس، وقال: "اطمئن، من اليوم أعـدك، لن يأتي اسم يونس على لسانك أبدًا"!

❊❋❊

أخفى أمين عن يونس أمر حصوله عـلى رخصة سـيارة عموميـة، كـما أخفاها عن أهله، وفي اليوم الذي عرف الجميع بذلك كان قد مرّ أسبوعان على نجاحه في ذلك الاختبار الصّعب.

لكن أمين، ولسبب ما، كان يحسّ أن يونس استغلّهم كثيرًا، سرقهم، وأنه لم يدفع ما كان عليه أن يدفعه لقاء عمله على السـيارة. تقرّب إليـه،

85

وحين تبيّن له أن يونس لا يتورّع عن عمل أيّ شيء، تأكّد أن ظنّه كان في محلِّه.

معًا، ذهبا إلى حانات، وإلى ملاه ليلية، لم يتخيّل أمين أن يمكن أن يجتاز عتباتها، تقاسما مومسًا في الكرسي الخلْفي للسيارة، أكثرَ من مرّة؛ التقطا اثنتين عن الرّصيف مباشرة، وانطلقا بهما إلى طريق ريفي خارج المدينة وأعادا الفتاتين إلى الرصيف ذاته وهما يلوِّحان لهما مودِّعَين.

اشترى يونس زجاجة ويسكي أجنبية (جوني ووكر – رِدْ ليبل) على حسابه، وشرباها فوق مرتفع يطلّ على المدينة.

أحسّ أمين بأن النّعمة التي ينعَم بها يونس، أضعاف تلك التي يسترقها بين حين وحين حينما يجد فرصة للتسلل إلى بيت تمام.

وقبل أن يفاجئه بأمر حصوله على الرخصة بأيام، طلب من يونس مبلغًا من المال، لأنه بحاجة إليه لإجراء عملية جراحية لزوجته! التي أجرت العملية منذ زمن طويل!

سأله يونس باستغراب: "وهل يكفي مبلغ مثل هذا لإجراء عمليّة جراحية"؟!

"اطمئن، كنت ادَّخرتُ قليلًا من المال"!

مطمئنًا بدا يونس، بل ومستعدًا لأن يعطيه أكثر؛ لكن أمين كان يتقن اللعبة، ويحفظ ذلك المثل العربي جيـدًا: (إذا أردت أن تُطاع فاطلب المُستطاع).

بعد أيام قال ليونس: "صَدَقْتَ! فالمبلغ الذي نحتاجه لإجراء العملية أكبر بكثير"! واستدان من يونس مبلغًا أكبر من ذلك الذي استدانه في المرّة الأولى.

✵✵✵

لم تكن أقل من مفاجأة لم يُحسب لها يونس حسابًا، حين جاء ذات مساء ليعطي أبو الأمين حصَّته.

قال له أبو الأمين مرتبكًا: "لم أكن أريد أن أفاجئكَ، ولكن أمين حصل على رخصة عمومية أخيرًا، وأظنّ أن استلامه للسيارة أمرٌ لا بدّ منه لنا جميعًا كأسرة، ولأمين العاطل عن العمل منذ مدّة طويلة كما تعرف"! وصمت قليلًا ثم قال: "قد نكون فاجأناك، ولذا أرجو أن تسامحني، فأنا في عمر والدك".

لم يُخْفِ يونس امتعاضه: "على الأقلّ كان يمكن أن تخبروني بالأمر من قبل، حتى أرتِّب أوضاعي أيضًا، وأجد مصدر رزق جديد".

"كما قلت لك، الأمر كله حدث فجأة، وأنت سيد العارفين، لا يمكن للمرء أن يعرف ما إذا كان النجاح ينتظره في مثل هذه الامتحانات الصّعبة، أم الفشل".

نظر يونس صوب أمين، فوجده صامتًا، فقال له: "لم أسمعكَ تتكلّم"!

"وما الذي يمكن أن أقول بعد أن تحدّث أبي"؟!

"هكذا! على أيّ حال، شكرًا لكم، وآمل ألّا أكون أسأت إليكم أو ظلمتكم في شيء طوال عملي على السّوبارو"!

"حاشى لله"، ردّ أبو الأمين.

عند ذلك امتدّت يد يونس لجيبه، وأخرج مفتاح السيارة من بين مجموعة مفاتيح، وقال لأمين: "تفضّل"، ونهض.

حاول أبو الأمين أن يجعله يجلس من جديد، لكنه اعتذر: "هناك بعض الأشغال وعليّ أن أقضيها"!

"أوصِلْه إلى المكان الذي يريده"، قال أبو الأمين لابنه.

"ليس هناك ضرورة، لا تُتعِبوا أنفسكم"!

بعد أن ابتعد يونس قليلًا عن البيت، تذكر نقوده التي أعطاها لأمين دَيْنًا. فكّر في أن يعود، لكنه، في النهاية، واصل طريقه.

❋❋❋

في الداخل، أغلقت منار باب غرفتها، بحيث أدرك الجميع أنها سمعت كل ما دار بينهم، وحين جاءتها أمها تدعوها للعشاء، أجابت من خلف الباب: "لستُ جائعة".

"ولكنك لم تتناولي اليوم، حتى، طعام غدائك"!

"لستُ جائعة، وأمامي غدًا يوم عمل طويل. سأنام"، قالت الكلمة الأخيرة كما لو أنها طائر سمّان يصل الشاطئ منهكًا.

❋❋❋

بعد أربعة أيام اتّصل يونس بأمين، حاول ما استطاع أن يبدو طبيعيًّا، وحين سأله أمين عمّا إذا وجد عملًا، قال له: "اطمئن، كما لو أنّ العمل الجديد كان في انتظاري، سيارة (نيسان صني) أخرجوها من الوكالة وسلموها لي"، ثم صمت قليلًا.

عند ذلك فهم أمين: "بالنسبة لنقودك، لن أتأخّر كثيرًا، أيام فقط، وأعيدها كلّها إليك"!

"أشكرك"، ردَّ يونس، وأضاف: "أرجوك، لا تتأخّر في ردِّها".

طمأنه أمين: "حقّك سيصلك لعندك"!

❋❋❋

بعد عشرة أيام اتّصل يونس، فلم يجد جوابًا على الطرف الآخر، ظلَّ الهاتف يرنّ إلى النهاية. أعاد الكرّة بعد ساعتين، ولم يتغيَّر شيء، وفي اليوم التالي، حدث الأمر نفسه.

فكر يونس بالذهاب إلى بيت أبو الأمين ليطلبها منـه مباشرة، لكنـه في النهاية هز رأسه: "بسيطة"!

حين فقد يونس الأمل، استعار هاتفًا نقالًا مـن سـائق في المكتـب الـذي يعمل فيه واتّصل بأمين.

أمين نظر إلى الرّقم، لم يعرفه، فكّر قليلًا، ثم أجاب: "ألو، مين"؟!

"أنا يونس، إن كنت لم تزل تتذكرني"!

"أؤمر"!

"لا يؤمر عليك ظالم! انت عارف سبب اتصالي".

"في الحقيقة، لا أعرف. ولكن تفضّل، قُل"!

"أريد النقود الذي أعطيتك إياها".

"نقود؟! أيّ نقود؟ أنا لم آخذ منكَ شيئًا".

"بسيطة! ولكن إذا كنتَ تتخيّل أنني سآتي لأطرق بـاب بيتكم مثـل شحاذ لأطلب حقي، فأنت واهم... لن أطلبها منك مرّة أخرى، تأكّد مـن هذا، وتأكّد أنك حين تنسى تمامًا أنك أخذتها، سأُذكّرك بشيء لا يمكـن أن تنساه أبدًا"!

أغلق يونس الهاتف، وناوله لـصاحبه بهـدوء مميت، دون أن ينسى أن يقول له: شكرًا.

3

الشيء الوحيد الذي يبدو مستحيلًا في مدينة كهذه، هو أن يلاحظ سائق تاكسي أن هناك سيارة من نوع نيسان صني أو تويوتا كورولا تتابعه، لأن هذه السيارات التي لا تكفّ عن الدّوران كأسراب النّحل، كانت تحتلّ الحيِّز الأكبر من شوارع المدينة على مدى ساعات اليوم.

❋❋❋

توقّفت السّوبارو أمام باب المدرسة التي تعمل فيها منار، ترجّلت منار، عبرت البوابة، اختفتْ داخل السّور.

انطلق أمين لاعنًا اليوم الـذي يجعلـه مـضطرًا لإيصالها لمدرسـتها كـلَّ صباح.

توقّفت سيارة نيسان صني مقابل البـاب تمامًـا؛ لم يهـبط منهـا أحـد، ولم يصعد أحد.

كانت منار تصعدُ الدّرجات الأمامية للمبنى. اختفت.

تحرّكت السيارة مبتعدة.

❋❋❋

تحدّث أمين، كما لو أنه يخبرهم بقراره الذي لا نقـاش فيـه: "أنـا أعمـل لآخر الليل؛ على الأقل، أريد أن أنام جيدًا، لا أن أصحو هكذا كـل صبـاح

90

قبل صياح الدّيوك. منار، ليست صغيرة، والمدرسة ليست بعيدة، ويمكنها أن تذهب إليها على قدميها، إذا لم تشأ الذّهاب بتاكسي".

لم يعجب كلامه أحدًا.

أبو الأمين كان ينتظر نتائج هذا التأخّر في العمل إلى ما بعد منتصف الليل نقودًا، وكانت نبيلة غير قادرة على أن تفتح فمها المملوء بالماء!

سأله أبو الأمين: "ولماذا تصرّ على العمل في الليل"؟

"لأن العمل في الليل كنز أصحاب سيارات التاكسي"!

"ولكن، أين الكنز الـذي تتحـدّث عنـه؟! نحـن لم نـرَ منـه شيئًا منـذ استلامك السيارة"!

"كن مطمئنًا. كل شيء سيصلكم"!

∗∗∗

أفضل الأماكن لالتقاط الزبائن، كانـت أبواب الملاهي الليلية، فبـدل أن يمضي السائقُ الليلَ باحثًا عـن راكب تقطَّعتْ بـه السُّبل، كان يجلس مستريحًا، في الدّاخل أو في الخارج، في انتظار خروج زبون مخمـور، يحملـه معه، يوصله إلى الفندق أو إلى بيته أو إلى الشقة المفروشة التي ينزل فيها. وفي تلك الحـالة التي يتأرجَّح فيها المخمـور بـين حافتَي فقـدان الإدراك وشبـه الذّاكرة، يمدّ يدَه إلى جيبه، يناول السائق ما تصل إليه تلك اليد، أو يُخـرج السائق حافظة نقود الرّاكب بنفسه، لينتهي الأمر بحصوله على المبلغ الـذي يريد، وأكثر.

∗∗∗

في النهار، يكون الأمر مختلفًا، فقد فهم أمين كلَّ الدّروس التـي سـمعها من يونس، وتفوَّق قليلًا، حينما ابتكر طريقته الخاصة.

91

أمامه هناك، أسفل مسجِّل السيارة تمامًا، اصطفَّتْ ثلاثةُ أشرطة الواحد بجانب الآخر، لم يكن أيّ منها يمتُّ للآخر بِصلة، وكـان أمـين يعـرف موقعها حتى لو أغمض عينيه.

الأول، شريط قرآن كريم بصوت الشيخ محمد عبد الباسط عبد الصمد، والثاني، شريط لأغنية (بعيد عنك حياتي عـذاب) لأم كلثـوم، أمـا الثالـث، فيضمّ مختارات من أغان حديثة عربية وغربية، من عمرو دياب، إلى أليسا، إلى نجوى كرم ونوال الزُّغبي وصولا لمايكل جاكسون.

حين يكون وحده في السيارة، يكتفي بسماع الإذاعات، متنقِّلًا بين إذاعـة وأخرى، من تلك التي باتت تملأ الفضاء كِفِطْر هوائي لا طعم له، على حـدّ تعبير أحد الركاب؛ وما إن يلمح أمين راكبًا أو راكبة تشير إليه، حتـى تمتـد يده إلى الشريط المناسب، والذي يتوقّع أن الرّاكب لا بدّ أن يحبّه. غالبًا مـا يكون الاختيار موفّقًا، إلّا إذا صعدت عجوز، تبين له فيما بعد أنها متصابية، أو فتاة بدت ورعة، أو رجل مسن لم يسمع بعد بأغنية محمـد عبـد المطلـب الشهيرة (ودَّع هواك وانساني. عمر اللي فات مـا ح يرجع تـاني)! وفاجـأه بالطلب منه تغيير الشريط بآخر أكثر شبابًا.

بهذه الأشرطة الثلاثة، كان قـادرًا بـاستمرار عـلى فـتْح حـوار ودّي مـع الرّاكب أو الرّاكبة، إلّا ما نـدر، والحصول على مبلغ إضافيّ، لفرط تـذمّره من: "هذه السيارة التي لا تترك، بسبب أعطالها الكثيرة، شيئًا يمكن أن يغطي نصف تكاليف هذه الحياة الكلبة"!

في حالات أخرى، كان يجد في الترفُّع والقناعة سبيلًا أفضل للحصول على ما يريد.

***

لم تعد السّوبارو تمرّ من أمام المدرسة التي تعمل فيها منار، لا صـبحًا ولا ظهرًا.

92

وفي مرات كثيرة، استطاع يونس أن يصلَ في الوقت المناسب، وأن يوصلها إلى بيتها، دون أن يتوقّف لحظة عن الحديث بأسى عن أحلامه التي ضاعت.

في المرة الأولى رفض أخذ الأجرة من منار، قال لها: "آخذ ماذا؟! وأنتم أغرقتموني بخيركم"!

لكن منار أصرَّت على أن تدفع في المرّة الثانية، فمدّ يده على استحياء: "والله، أسهل عليَّ أن أرى هذه اليد مقطوعة من أن أراها تتناول أجرة توصيلكِ إلى بيتك؛ ولكن، ماذا أفعل، لن أغضبكِ"!

❊❊❊

كان يونس فرِحًا لأن منار لم تشكَّ بكل تلك المصادفات المدبّرة التي تجمعه بها؛ لكنه كان يعرف أن نقطة الضعف الوحيدة، هي قِصَر المسافة بين المدرسة والبيت قصيرة، إلى ذلك الحدّ الذي لا يتيح له أن يقول شيئًا أو أن يحيد عن الطريق مترًا واحدًا.

ذات يوم سألها ببراءة متقنة: "ولكن لم تقولي لي، ما أخبار زميلك الجامعيّ"؟

"تقصد عصام"؟

"كان من الصّعب أن أعرف اسمه؛ لكن أصارحك، كان من السهل عليَّ أن أدرك مدى اهتمامه بكِ"!

"إنه بخير".

وعندها فاجأها بطيبة لم تكن تتوقّعها: "الله يهنّيكو"!

فلم تجد من كلام تقوله وهي تخفي ارتباكها سوى كلمة واحدة: "شكرًا".

4

عمل منار في تلك المدرسة الإعدادية، كمشرفة اجتماعية، فتح لها الكثير من أبواب الأمل، وبدا العالم بالنسبة لها، كما لو أنه اتّسع فجأة.

راحت تسترجع أيام حياتها، فاكتشفت أنها عاشت كما تعيش أي سلحفاة، هنالك درْع يحميها، أحيانًا بالحب، وأحيانا بالحرص الزّائد؛ ولم يكن أمامها من حرية متاحة سوى أن تُخرج رأسها من الـدّرع وتنظر إلى العالم لبرهة، ثم تعود وتخفيه. وحين تفكر في علاقتها بعصام، تجد أنه لو لم يفعلها ويتقدّم نحوها بجرأته الخجولة تلـك، لخرجتْ مـن الجامعـة مـثلما دخلتها، بلا حبيب، عكسَ آلاف الزميلات والزملاء اللذين أحبوا وفارقوا وأحبوا ثانية وتزوّج بعضهم بمجرد استلامهم لشهادات تخرُّجهم.

ولم تكن منار أقل دهشة أيـام الجامعـة الأولى، وهـي تـسمع الطالبـات يتحدّثن عن علاقات غرامية كثيرة، بعضها تفتّحت في الحارات، بعـضها في المدارس، وبعضها في المقاهي والأسواق؛ انتهاء بقدرة بعضهن وبعضهم، على عيش أكثر من علاقة في الوقت نفسه، تمامًا كـما يحـدث في المسلسلات الأمريكية التي تبثها فضائية (mbc4) ليل نهار.

لكنها لم تحبّ حكاية مثل حكاية تلك الطالبة التي حدّثتها عن علاقة ربطتها بطفل منذ أيام الرَّوضة، وواصلت نموها حتى اليوم، آخـذة في كـلّ مرحلة شكلها الملائم لها.

لم تشك منار لحظة في أنها تحبّ والـدها، ولكنهـا لا تـستطيع أن تتناسى تماما لسعة ذنْبٍ تحسُّ بها بين حين وحين، كلّما تذكَّرت أن مرضـه فتح لها الباب لتخطو بعيدًا عن العتبة عدّة خطوات.

لم تشُك منار لحظة في أنها كان يمكن أن تقع في حب يونس، لـو صدف أن رأته قبل عصام، لمجرد أنها رأته قبله، لا غير.

لكن الأمر تغيّر، كما لم تتوقّع.

حين وفِّقَتْ في العثور على عمل، أصبح بإمكانها أن ترى عـصام بجرأة أكبر، وأن تتجرأ وتدخل ضاحية لم يسبق لها أن دخلتها من قبل، وأن تبحث عن صالة لعرض الأعمال الفنية، أو قاعة تُقام فيها ندوات أدبيـة، أو شـارع تم تحويله إلى منطقة خاصة بالمشاة. لكن ذلك لم يعن بأيّ حال من الأحوال أنها خرجت من درْعها. كلّ ما حـدث أنهـا أحسّت بقـدرتها علـى أن تمـدّ رقبتها وأن تترك رأسها في الخارج مدّة أطول!.

⁕⁕⁕

اهتدتْ منار للجريدة، أول ما اهتدتْ. كانت تنتظر بفارغ الصبر ذهاب المعلمات إلى حصصهن، لتتناولها وتقرأ كلّ ما فيها، ولسبب ما، أحسَّت في نفسها ميلًا لحضور ندوات ثقافية وأمسيات شعرية، بل ومعارض تشكيلية أيضًا، فلم تتردّد.

غياب أمين عن البيت، ترك لها الحرية في مزيد من الحركة، ولم يكـن أبـو الأمين يريد التَّضييق عليها، بحيث يتحوّل في نظرها إلى صورة أخرى لابنه

الأكبر، لكنه لفتَ نظرها في البداية إلى مسألة مهمة: "لا أريدك أن تتأخّري إلى ما بعد غروب الشمس".

التّوقيت الصّيفي، مدَّ لها يده، وساعدها؛ إذ كان يمكن أن تفعل الكثير من الأشياء وتعود قبل هبوط الظلام.

حضرت أمسيات شعرية لشعراء أحبّت بعضهم، ولم تكمل أمسيات بعضهم، ولم يكن يعنيها الأهمية التي حقّقها كلّ واحد منهم، كانوا جميعًا لديها يحتلون المكانة ذاتها قبل أن تسمعهم؛ وفي أحيان كثيرة، ودون أن تدري، رفعت من قيمة شاعر يبدأ للتوِّ طريقه، وأنزلتْ من قيمة شاعر يكتب منذ عشرات السنوات. كان معيارها الوحيد: أحبّت قصائدهم أم لم تحبّها.

كانا يختلفان كثيرًا، هي وعصام، على قصيدة سمعاها، وعلى تقييمهم للشعراء والكتاب والفنانين، لكن ذلك لم يفسد علاقتهما.

"كل شيء يمكن أن يتمّ بالقوة، إلا أن تجبر شخصًا ما على أن يحبّ قصيدة أو لوحة أو إنسانًا"، كانت تقول له.

✻✻✻

ذات يوم طرقَتْ مُدرِّسة اللغة العربية بابَ الغرفة الصغيرة المخصصة لمنار في المدرسة، والتي لم تكن أكبر من غرفتها التي في البيت.

"تفضّلي"! رحَّبت منار بالقادمة، وحين رفعت عينيها، عرفتها.

"تفضلي"، أعادت مرة أخرى.

"شكرًا، عندي حصّة، ولكني أتيت لك بواحدة من أذكى طالباتي؛ لم تعد أحوالها تعجبني منذ أشهر، فأرجوك أن تعتني بها"! وامتدّت يد مدرِّسة اللغة العربية وسحبتْ فتاة كانت تقف بجانب الباب.

96

"اطمئني"، قالت للمدرِّسة، و تفضلي، قالت للطالبة وهي تبتسم لها مشجِّعة.

دخلت الطالبة، كانت طويلة وجميلة، وتبدو أكبر بكثير من طالبة في الصفّ التاسع. سألتها منار عن اسمها، وهي تواصل الابتسام لها، فأجابت، اسمي تغريد.

"اسم جميل"! علّقت منار.

وانتظرت أن تقول تغريد: "شكرًا"! لكنها كانت في مكان آخر.

"تعرفين، لستُ أكبر عمرًا منك بكثير، ولـذا يمكن أن نتحـدّث معًا كصديقتين"! قالت منار دون أن تكفّ عن الابتسام.

وواصلت تغريد صمتها.

"أعرف أن هناك أشياء كثيرة من الصّعب أن يقولها الإنسان، ولكن إذا عرف لمن سيقولها، فإن نصف المشكلة سيُحلّ، وإذا قالهـا فإنهـا سـيعملان معا على حلّ النصف الآخر من المشكلة"!

رفعت تغريد وجهها ونظرت إلى منار والدّموع تملأ عينيها: "لا أستطيع أن أقول لكِ أو لأيّ أحد في العـالم مـا يحـدث لي! أرجـوك مِـسّ، اتركيني أذهب، أرجوك"!

"لن أجبرك على شيء، ولكن عِديني أنك ستزوريني غدًا صباحًا، فقط لأطمئن عليكِ".

"حاضر مِسْ"!

وخرجت تغريد. تابعتها منار حتى وصـلت آخر الممرّ إلى أن دخلـت باب صفّها المدرسي، دون أن تتوقّف عن طرح ذلك السـؤال على نفسها: "أي مشكلة تلك التي يمكن أن تكسر غصنًا أخضر إلى هذا الحدّ"؟!

⁂

97

في صباح اليوم التالي، حضرت تغريد، أكثر بؤسًا مما كانت عليه في اليوم السّابق، طرقت باب الغرفة، دون أن تلقي التّحيّة، جلستْ فوق ذلك الكرسي أمام طاولة منار، نظرتْ نحو منار مرّتين، فوجدتها تبتسم لها تشجعها، همّتْ بقول شيء، لكنها وقفتْ من جديد، وغادرت الغرفة.

∗∗∗

قبل انتهاء الدّوام عادت تغريد لغرفة منار، وجلستْ بعينين جافتين؛ وبعد نصف دقيقة بدأت تتكلّم دون توقّف، شرحتْ لها كلّ شيء دفعة واحدة، كما لو أنها تخشى أن تتراجع، كما لو أنها تريد أن تتخلّص من كلّ ذلك السمّ الذي تجرّعته على مدى زمن طويل.

حين انتهت، نظرت إلى وجه منار، فوجدتْه كامدًا، الرُّعب يطلّ من عينيها، وشفتاها ترتجفان، باحثة عن أيّ كلمة تقال.

بعد قليل، اكتشفت منار –التي أحسّت بأنها لم تكن مُعدَّة لهولٍ كهذا، أن عليها استرداد أنفاسها من جديد، لكي تقول شيئًا، أيّ شيء، هي التي وجدت نفسها، وجها لوجه، في بدايات عملها مع مشكلة تفوق روحها وجسدها ووعيها.

أخذت نفسًا عميقًا، لتبدو أنها تفكر في الكارثة التي هبطتْ على رأسها فجأة. سألتْ تغريد: "ألم يلاحظ أحدٌ من أهلك ما يحدث؟ أمّك، أبوكِ"؟!

"أبي ميت منذ خمس سنوات".

"وأمّك"؟

"أمي موجودة، ولي أخوان آخران".

"هل يمكنك أن تشرحي لأمك ما يحدث معك"؟

"ربما"!

98

"ولكن إياك أن تهدّدي أخاك الكبير، فواحد مثله يمكن أن يفعل أيَّ شيء، مفهوم"؟!

"حاضر".

"اطمئني، أنا واثقة من أن أمّك وأخويك قادرون على وقْفِه عند حدِّه"!

"شكرًا مِسّ"!

لكن تغريد فوجئت بأخيها يُلقي بأمه أرضًا، وعندها لم تجد في فمها غير تلك الكلمة: "سأفضحك"!

5

أمام صالة العرض المطلَّة على نصف المدينة، كانت منار تتابع الأسراب المحلِّقة التي يطلقها مربو الحمام عند المساء، أسرابًا كبيرة، تـدور في السـماء وتـدور، دون أن تجرؤ على الابتعـاد، وكلَّـما أفلتـتْ واحـدةٌ مـن سربها، أصبحت عرضة للأسر من مربِّي حمام آخر يترصَّدها بعينين يقظتين.

قال لها عصام الذي لم تنتبه لوصوله: ''أثبتَّ اليوم أنك تحبينني أكثر ممـا أحبكِ''!

استدارت: ''ماذا''؟

''قلت إنك أثبتِّ اليوم أنك تحبينني أكثر مما أحبكِ''!

''وكيف عرفت''؟

''لأنك وصلتِ قبلي''.

''وإذا قلت لكَ إنَّ هناك سببًا آخر''؟

''لن أكون سعيدًا بمعرفته، ولكن لماذا وصلتِ قبلي على غير عادتكِ''؟

''لأنني هاربة من حضور عرس أخي''! قالت ذلك وهي تتـابع حمامـة ابتعدت عن سربها وتاهت في سرب آخر يدور كغيمة ثملة.

حاول أن يفهم.

''سأقول لك كل شيء، ولكنني في هذه اللحظة أريد أن أنسى''!

❈❈❈

كانت قد أخبرته بالهاتف أن هنالك معرضًا للفنون اليابانية قـرأت عنه صباحًا: "ما رأيك في أن نذهب إليه"؟ سألته، فردّ ضاحكًا: "لا أستطيع حرمانكِ من مشاركة أخوتك اليابانيين فرحتهم بافتتاح معرضهم"!

أمام البوابة الخشبية التي تنتصب بيابها شجرتا نخيل عاليتان، كان اليابانيون يستقبلون الضّيوف، بعـد دقـائق انفـصل أحـد اليابانيين عـن المستقبلين وتبعها للداخل، وجدها مستغرقة في تأمل لوحة تُصوّر شـجرة تحطّ عليها مجموعة مـن العصافير الملونـة، انحنى قليلًا، ملصقًا راحتيـه الواحدة بالأخرى، انحنت منار بدورها، فراح يتحدّث معها باليابانية.

ارتبكت، وأدرك الياباني أنها لم تفهم كلمة واحدة مما قال، في حين ابتسم عصام.

"أعتذر لكِ. اعتقدت أنك يابانية مثلي، ألست يابانيـة فعـلا"؟! سـألها بعربية جيدة.

"لا، أنا من هنا"! أجابت وهي تداري خجلها.

"وليس هناك أقارب لك من اليابان، أمّ، أب، جدة، جدّ"؟

"حسب علمي، لا".

"غريب، ولكنك يابانية مثلي، تقريبا"!

"هذا من حسن حظي"! قالت بأدب.

"أشكرك، أشكرك كثيرا"، قالهـا وهـو يبتعـد، وأضـاف: "أنـا يوكو الملحق الثقافي في السّفارة".

❈❈❈

"ليتك يابانية؛ على الأقل، كان يمكن أن يكون لـدينا سيارة هونـدا أو تويوتا، بدل هذا التعب الذي نعانيه ونحن نتنقل من مكان إلى آخر"!

101

"وهل رأيت اليابانيين قادمين إلى المعرض، كل بسيارة هوندا"؟!

ضحك، على الأقل، دعينا نحلم.

***

في ذلك المساء، تأمّلا رفوف الحمام التي كانت تطوف في السماء مودَّعـة الشّمس، حدّق فيها عصام كما لـو أنـه يريـد أن يحـتفظ بوجههـا الصغير المحتشد بالبهجة إلى الأبد، وفكَّر جدّيًا في أن يعرض عليهـا الـزّواج، لكنـه تذكر أنه لن يكون قادرًا على احتمال سماع تلك الجملة البسيطة التي ستقولها لا بدّ: "أوليس من الأفضل أن ننتظر قليلًا حتى تجد عملًا"؟!

ولم يكن يريد لنفسه أن يتراجع خطوة فيقول لها عند ذلـك: "سـنكتفي بالخطبة إذن"!

كان على ثقة من حبها له، إلّا أن أول سـؤال سيسأله أهلهـا لأهلـه: "... والسيد عصام ماذا يعمل"؟!

وضع نقطة في آخر السَّطر، واكتفى بسؤاله الذي جاء بلا أيّ مقـدمات: "تحبينني فعلًا"؟

ضحكت منار: "المشكلة أنني أبـذل الكثـير مـن الجهـد كـي أستطيع ذلك"؟

سألها: "ماذا تقصدين"؟

"أقصد، لو أنك أصغر حجمًا لكان الأمر أسهل"!

"تقصدين أن حبي لكِ سهّل مثل جرعـة المـاء، وأننـي لا أعـاني بـسببه أبدًا، لأنني يمكن أن أحملك بإصبعين"؟!

"حبكَ لي، أخفّ من جناح فراشة مـن أجنحـة تلـك الفراشـات التي كانت تملأ لوحات المعرض".

"يا ريت"!

102

"تتحدّث وكأنك معذب"!

"بل أقول ذلك لأنني (سعيد)"!

"سعيد؟ كأنك نسيت اسمك، يا ابني اسمك عصام مـش سـعيد"! وضحكت

"قديمة"!

كانا ينحدران نحو قاع المدينة، القاعة الفنية خلْفهما.

تحرّكت سيارة تاكسي نيسان صني، كانـت متوقّفـة عـلى بعـد مئـة مـتر باتجاههما، وصلتْهما، أوقف السائق السيارة فجأة بمحاذاتهما، كما لو أن طفلًا قفز أمامه خارجًا من بين عربتين مركونتين.

لم يكن عليها أن تحدّق طويلًا لتدرك أن السائق هو يونس.

كانت في مزاج طيب، آثار الضحك على شفتيها؛ لكنها ارتجفت خوفًا، كما لو أن أمين هو الذي فاجأها.

"اصعدا، قال لهما"!

شكرته منار، فقال: "هكذا ستجعلين الوالد يعتب علـيّ، كيـف تكـون ابنته على هذه المسافة البعيدة من البيت ولا أقلُّها. ثمّ إن الـشمس سـتغرب بعد قليل"!

قالها وكأنه يعرف الاتفاق بينها وبين أبيها.

"أوكي"، قالت، وأمسكت بيد الباب الخلفي وصعدت. لكـن عـصام الذي بدا غاضبًا إلى حدٍّ لا يوصف، قال لها حين دعته للجلوس في الكرسي الأمامي: "شكرًا، طريقي مختلف"!

لم يُمهلها يونس لكي تقنعه، قال ضاحكا: "خلِّيه على راحته"!

راقب عصام السيارة تبتعد، وقد داهمه حسٌّ بأنه أكبر غبيّ في العالم، فها هو يتركها وحيدة مع ذلك الشّخص الذي لم يُطق يومًا وجود منار معـه. في

حين أحسّ يونس بأنه يمتلك حجمًا من الجرأة لم يكن يتخيَّله، حين استطاع أن يستلَّ منار من بين يدي صديقها الضّخم ويمضي بها مبتعدًا.

راقبه يونس عبر المرآة، متوقِّعًا أن يبـدأ الرّكض خلـف الـسيارة؛ أسرع أكثر، وحينما ابتعد، ارتجف فجأة حين نظر للمرآة ووجد أن صورة عصام لم تزل عالقةً فيها.

❊❊❊

بعد ساعة اتّصل عصام بها.

لم تُجب.

أعاد الكَرّة ثلاث مرات، لم تُجب. لم يكن يريد أن يقول لها أكثر من كلمة واحدة: "آسف"، لكنها لم تجب؛ وبعد مرور سـاعة أخـرى اتّصل. كـان هاتفها مغلقًا.

عند ذلك بدأ إحساس غريب ما يداهمه، كان أكبر من النّدم.

104

6

من طرف الشارع، على بعد أربعة بيوت لا غير، أُشرع باب تمام، خرجت بثوبها الأبيض، غناء النساء يحفُّ بها، ونظراتُ الجارات والأطفال الذين يطلّون من النوافذ والشرفات المقابلة، ورجال لا ينتمون بلباسهم وملامحهم لأي لحظة فرح.

أمين أوقف السّوبارو أمام الباب، وقد زيَّنها بزهور بلاستيكية بيضاء، وشرائط ملوَّنة ثُبِّتت في مُقدِّمتها، ثم التفَّتْ على المرآتين الجانبيتين، وارتفعت لتلتقي متصالبة فوق السيارة، وتنحدر وتثبّتُ أسفل مؤخرتها هناك بماسورة العادم وحلْقة القَطْر.

أشرع لها أمين باب السيارة، رفعتْ إحدى النساء طرف ثوبها، فجلست تمام بجانبه والدموع تتدفَّق من عينيها.

"كنا سنفهم بكاءها هذا لو أنها ستنتقل إلى بيت بعيد، لكنّها ستدور دورتين في المدينة لتعود إلى بيتها نفسه"! همست امرأة لأخرى.

....

....

طاف أمين في شوارع المدينة طويلا في ذلك الموكب المكوَّن من سيارة واحدة! دون أن يفارقه خوفه من أن تتعطَّل السيارة وتفسد لحظتها الخاصة تلك، لكنّها لم تتعطّل. تمام قالت له: "كأنك نسيت أن العرس وراءنا".

عاد.

إلى جانب تمام جلس أمين في بيت أبيه.

كان العرس باهتا كالأغاني المجروحة التي تتردّد فيه.

أبو الأمين أغلق الباب على نفسه، في حين لم تستطع نبيلة إلا أن ترقص أمام العروسين مثل أيّ طائر ذبيح، كما لو أنها تريد أن تقول: "هذا العرس ما كان يمكن أن يكون لولا موافقتي عليه"!

أم الأمين انسحبتْ بعد دخولها بعشر دقائق، وجلستْ هناك صامتة تتابع بدموعها الفرح الجارح، في الوقت الذي كانت وشوشات الجارات تفوق بحجمها كثيرًا عدد كلمات الأغاني.

❋❋❋

في اللحظة التي كان أمين يمسك فيها بيد العروس ويتوجَّه بها إلى بيته الثاني، على العتبة مباشرة، التقى بمنار وجهًا لوجه، ولم يكن يلزمه الكثير من الفطنة ليفهم أنها كانت تبكي، لكنَّ ما لم يفهمه هو ذلك الشق الكبير في فستانها عند الرقبة!

الراية السوداء

1

قبل انتصاف النهار، تقدّم سالم من بعيد، عباءته السّوداء تتطـاير خلْفـه لفرط اندفاعه، عيناه ممتلئتان بالدّم، وفي يده راية سوداء، راية العـار التي لا يتمنّى أحد أن يراها تخفق في أيّ مكان.

ظلَّ يسير هائجًا إلى أن وصل باب بيت أخيـه أبو الأمـين، دفـع البـاب بقدمه ودخل، كان الحزن مخيِّمًا علـى البيـت، والمـوت يمـلأ زوايـاه، تناول كرسيًّا، دون أن يلقي السَّلام، وخـرج ثانيـة؛ اعتـلى الكـرسي، وثبَّت رايـة الموت هناك فوق مظلّة الباب.

في تلك اللحظة بالذات جلس الموت ينتظر بلهفة على عتبة غرفة منار.

استدار سالم محدِّقًا فيهم، وقد أغلق الباب بقامته:

"أرجو الله أن يكون هناك رجال في هذا البيت ليقوموا بما عليهم القيـام به حماية لشرفهم، سأنتظر حتى المساء، وإذا لم تتحرّكـوا فـإنني أُعلمكـم أن بيتي ممتلئ بأبناء عمّها الرجال"!

استدار سالم، تاركًا أخاه أبو الأمين نصف قتيل علـى كرسيّه، وفي تلـك اللحظة، وجد سالم نفسه وجهًا لوجه مع أمين.

ألقى سالم نظرة احتقار على ابن أخيه؛ بصق على أرض، وابتعـد؛ عباءتـه تتطاير كعاصفة من جراد، وخلفه راية سوداء أحالت تلك الظهيرة إلى ليل.

109

***

راقبه أمين يبتعد، وبدل أن يدخل بيت أبيه راح يعـدو نحـو الـسّوبارو، أشرع بابها وانطلق كالمجنون.

2

انعطفتِ السيارة في شارع جانبي، انتبهتْ منار، سألته بخوف: "ليس هذا طريقنا"! أجاب يونس: "أعرف، سأُثقِلُ عليك قليلًا، أُمّي هنا في زيارة لبيت خالي، سنأخذها في طريقنا، بدل أن أعود إليها من جديد، تعرفين، رضا الأمّ من رضا الرّب، والجنّة تحت أقدام الأمهات"!

صمتت. بعد قليل، انعطفت السيارة في شارع جانبي آخر، العتمة تغمره، لا تبدِّدها سوى صرخات وضحكات عدد من أولاد يتراكضون خلف بعضهم البعض.

اطمأنت قليلًا.

"لحظة صغيرة، لن أتأخر"، قال يونس. أطفأ أنوار السيارة ثم أطفأ محرِّكها، غادرها، واندس في ذلك الباب الصغير المحاذي لباب السيارة الخلْفي، حيث تجلس.

بعد قليل أطلَّ من جديد، انحنى قرب وجه منار وقال لها: "لن تتأخَّر أمي"، دون أن تكفّ عيناه عن مراقبة الشارع.

في تلك اللحظة ابتعد الأولاد.

فجأة، فتح يونس باب السيارة من الخارج، وفي أقلَّ من ثانية، أحسَّتْ منار ببرودة نصْل ذلك الخنجر على رقبتها.

"سأذبحكِ إذا تنفَّستِ"!

شلّتها المفاجأة، أمرها بصوت خشن وعِر لا يشبه صوته أبدًا: "انزلي بهدوء".

نزلتْ، دفعها أمامه، ممسكًا بها بيد، في الوقت الذي بقيتْ فيه اليد الأخرى قابضةً على الخنجر الملتصق برقبتها. كانت هناك درجتان، لم ترهما، تعثَّرتْ. كان يمكن أن تُذبح في تلك اللحظة بسهولة، لولا أن يونس أبعد الخنجر بسرعة.

"أتريدين أن تموتي؟ افتحي عينيك"!

ولم يكن لها عينان تفتحهما. أعماها الرُّعب تمامًا، وبدت كأنها على وشك السقوط في الهذيان.

أمام باب تلك الغرفة الصغيرة، وقف لحظة، ثم دفع الباب بقدمه اليمنى فانفتح.

دخلا.

أغلق الباب بقدمه، وفي حركة سريعة رفع الخنجر عن رقبتها، ألصقَ ظهرها بالباب، وأعاد الخنجر لمكانه، وبيده الطليقة أدار المفتاح.

في تلك اللحظة كان على ثقة من أن فريسته فقدتْ كلَّ قوتها، كما فقدت صوتها؛ ارتمتْ يداها إلى جانبيها كقطعتي قماش باليتين على حبل غسيل، جرّها نحو ذلك السرير، أشعل تلك اللمبة الحمراء الصغيرة، التي يبدو أنه أعدَّها خصيصًا لتلك اللحظة، وتحت ضوئها الثقيل كان بإمكانها رؤية وجه الإنسان وهو يتحوّل إلى وجه وحش.

انحنى، بدأ يعرّيها من فستانها، وهو يشدّه للأعلى. حينما أصبح رأسها في العتمة، حينما اختفى وجهه وابتعدت السِّكين، عادت إلى نفسها، تشبّثت بالفستان، انتزعه بقوّة، فتمزَّق ذلك الجزء المحاذي للرقبة؛ ألقى بالفستان بعيدًا، وعندها بدت بجسمها الصغير وثيابها الدّاخلية أكثر ضعفًا من قبل.

عاد الخنجر لمكانه من جديد أكثر حذَرًا، في الوقت الذي كانت يده الأخرى تعرّيها مما تبقى عليها.

عارية تمامًا تكوَّمت أمامه. خلع ملابسه، رأته، عادت من ذهولها، قفزتْ نحو الزّاوية، صرختْ، لكن حلْقها الجافّ أغلق طريق صرختها، صرختْ مرّة أخرى، فبدت مثل فتاة خرساء لا تستطيع الوصول إلى شفتيها.

من فوق السرير قفز باتجاهها، رفعها من شعرها، وأعادها لمكانها الأول.

بطرف الخنجر رفع وجهها لكي يجبرها على رؤيته، وحين أبصر عينيها المغمضتين، وضع الخنجر بجانب عينها اليمنى، وصرخ: "أنظري إليّ".

برعب فتحتْ عينيها بعد أن أبعد الخنجر، كان يجلس فوق السرير على ركبتيه، وكل ما فيه قد تحوّل إلى معدن، كما لو أن الخنجر جسدٌ وما يونس إلّا أطرافه.

جرَّها من إحدى ساقيها، اصطدم رأسها بحديد السرير، تراجع وجرها أكثر، بدأت تقاوم؛ في تلك اللحظة رفع خنجره وهوى به نحو جسدها فتجمّدت.

توقَّف رأس النّصل على بعد سنتيمترات قليلة في جسدها، ثم تحرَّكت يده بالخنجر نحو التقاء ساقيها.

كان الخنجر يتقدّم، وساقاها ترتعشان.

وقبل أن تفيق من هول الرُّعب ارتمى عليها.

سقط الخنجر أسفل السّرير، ولم يكن صعبًا عليه أن يثبّتَ يديها. تلوَّت تحت جسده مُحاوِلةً إيجاد منفذ تخرج منه؛ وقبل أن تستطيع، أطلقت صرخة، فوضع يده على فمها، مواصلًا صعوده وهبوطه بجنون أكبر إلى أن انتهى.

سحب نَفْسَهُ من داخلها، وهو يلهث، فقفزت للزاوية من جديد محاوِلة تغطية جسدها بجسدها.

بدأ بارتداء ملابسه، وقذف نحوها ملابسها. بصعوبة وقفتْ وراحتْ ترتديها، في الوقت الذي كانت فيه الزاوية تُطبِق عليها أكثر فأكثر.

الزّمن الذي احتاجته لارتداء ملابسها ثانية، كان يفوق كلَّ الزّمن الذي احتاجته لارتداء ملابسها منذ مولدها.

لزجًا كان الهواء، طاف أمام أنفها وابتعد.

أمرها بأن تتحرّك، تحرّكتْ، فأبصرت هناك فوق الغطاء الأبيض للسرير بقعة دم، كانت أكثر سوادًا من أيّ دم رأته من قبل.

"قولي لأخيك، إن ما فعلتُه هو هديتي له بمناسبة زواجه، قولي له: إن كان رجلًا، فليحاول الوصول إليّ"!

***

حملها بالسيارة. كان حريصًا على أن يكون أول مكان تصل إليه هو بيتها، وفي بداية ذلك الشارع توقّف، وطلب منها أن تترجل.

حينما فتحت الباب، اندفعت عاصفة من الأغاني نحوها، فسارت صوب بيتها كجنازة.

3

بعد ساعتين من اختفاء منار داخل سيارة يونس، كان عصام يسير أمـام بيتها، يصل نهاية الشارع ثم يعود، وحين يحاذي البوابة تتحرّك أصابعه، كما لو أنه يريد أن يطْرقها، لكنه بدَل ذلك يهاتفها.

وتجيء تلك الرسالة الكريهة: إن الهاتف الذي طلبته مغلقٌ حاليًّا.

على بعد أربعة بيوت رأى سيارة سوبارو مزيَّنة، عمل سائقها الكثير كي يُلصِقها بالسّور، كي يتيح المجال للسيارات الأخرى الخروج والدّخول من وإلى ذلك الشّارع الضيّق.

كان يعرف السيارة جيدًا، لكنه لم يعرف لماذا هي ليست متوقّفة أمام بيت أصحابها.

قالت له منار قبل ساعات، إنها هربت من عرس أخيها. كانـت كغيمـة تخبىء عاصفة في جوفها، وكم سرّه أن المعرض الياباني كان كفيلًا بتبديدها.

في النهاية وجد عصام نفسه يبتعد، حين لاحظ أن ظـلال أشـخاص راحت تُطلُّ من الشرفات والنوافذ تتابعه.

❋❋❋

للزّاوية التجأت منار، ظهرها للحائط، في أقصى نقطة قبعتْ، النقطة التي لا يمكن لأحد أن يراها فيها. ليس ثمة حيّز أضيق من هذا يمكن أن تزجّ بنفسها فيه.

عيناها اتسعتا، كما لو أنها تريد أن ترى ما سيحدث؛ ذلك الذي حدث، لتتجنبه؛ أصابعها تحاول القبض على أرضية الغرفة الإسمنتية بجنون، بعض دم على أطرافها، شعرها القصير بدا طينيًا متلبّدًا، قاسيًا وشوكيًا مثل طائر عبر بحيرة وحْلٍ على قدميه.

✳✳✳

صباحًا كان عصام يذرع الشّارع من جديد،

لكن باب بيتها لم يُفتح سوى مرّة واحدة، خرجتْ أمها، طرقتْ الباب المجاور، لم تدخل؛ أمسكت بيد امرأة وجرّتها، وأمسكت المرأة بدورها بيد طفلة صغيرة وجرَّتها، وعادتا لبيت منار من جديد.

عاد وطلب رقمها،

ولم يكن هناك سوى تلك الرسالة: إن الهاتف الذي طلبته مغلقٌ حاليًّا.

بعد ربع ساعة لاحظ أن الظلال عادت تُطلُّ من الشرفات والنوافذ تتابعه.

ابتعد.

✳✳✳

سمعت منار طَرَقات على بابها، تجمّعتْ أكثر.

"افتحي يا منار"! رجَتْها أمُّها.

لكنها لم تفتح.

116

"هل أنتِ مريضة؟ على الأقل أسمعينا صوتك"، سألتها نبيلة التي لم تكن أقلّ هشاشة ويأسًا منها.

لم تُجِب.

"اذهبي واحضري أمين"؟ قالت أمّها لنبيلة.

"ما الذي تقولينه يا عمتي، أنا أذهب وأحضر أمين من بيت تلك الـ ...!!"

"سأحضره بنفسي"!

عند ذلك، سمعتا ذلك الصَّوت الواهن: "اتركوني، بعد قليل سأخرج وحدي"!

تنفّستْ أمّها الصّعداء، في حين همستْ نبيلة: "ألا يكفينا ما فينا"؟!

"ما الذي يحدث"؟! سأل أبو الأمين.

"لا شيء. أجابت نبيلة، لا شيء"!

يبدو أن منار تعبانة قليلا. سنتركها ترتاح"!

"ماذا أصابها"؟ سأل برعب.

"يا رجل، إنها تعبانة فقط، أنت تعرف، ربما مسألة من مسائل البنات"!

بعد ساعتين فتحتْ منار الباب واتّجهت إلى الحمّام تحمل ثيابًا نظيفة، وقبل أن يلمحوها صفَقَتْ الباب وراءها واختفت.

٭٭٭

كانت بحاجة إلى بحر كي تغسلَ ما علِق بها من ألم وانكسار، هذا ما أحسّته.

في ثيابها وقفتْ تحت الدّوش،

117

اندفعت المياه بكل قوَّتها، وحينها بدأ الماء البارد يتـدفّق بعـد أن فـرغ الماء السّاخن، لم تتحرّك.

زمن طويـل مـرَّ، اقتربـت أمّهـا مـن البـاب، سمعتْ خريـر المـاء، ابتعدتْ، ثم عادتْ بعد عشر دقائق، دون أن تكفّ عن تبادل النظـرات الحائرة مع نبيلة.

كان الماء يتدفّق بالقوّة ذاتها.

خزان المياه فوق السطح بدأ ينكمش، مُصدرًا قرقعاتٍ تشبه صـوت القصْف، تنبئ أن ما فيه من ماء يتناقص بسرعة.

تراجع اندفاع الماء، قبل أن تنتبه منـار، وحيـن رفعتْ رأسـها نحـو الدّوش، سقطتْ قطرةٌ واحدة قرب عينها اليسرى.

حزينة كانت ووحيدة، كأغنية لم يعد يردِّدها أحد.

سمعت طرْقًا خفيفًا على الباب: "يكفي، أبوكِ بدأ يقلق"!

بهدوء خلعتْ ثيابها.

وحين ألقتْ بالفستان الثقيل نحو منتصف الحائط، تطاير منـه الـدّم غامرًا جسدها والجدران، وتحوّل السّقف إلى غيمة حمراء.

كمَّمتْ فمها بيدها، كي تكتم صرختها، وأغمضت عينيها.

حين فتحتها لم يكن هناك سوى فستان مبتل بالماء.

بحذر خلعتْ ملابسها الدّاخلية، نظرتْ إليهـا ممتلئـة رعبًا مـن أن يتكرر المشهد، لكن غضبها كان أكبر من كلَّ شيء. بقـوة ألقتها باتجـاه الحائط، التصقتْ به لحظة، ثم سقطتْ فوق الفستان.

4

كل محاولات أمها لمعرفة ما تعانيه منار ذهبتْ هباء، ولم تَجِدْ غير تلك الجملة المبتورة: "لا شيء"!

"كيف لا شيء، وأنت منذ ثلاثة أيام لم تذهبي للمدرسة"؟

"سأذهب غدًا"!

❋❋❋

رماديّة كانت الشمس، والجدران طينية كالرّصيف الـضّيق الـذي لا يتَّسع لأكثر من عابر. بصعوبة وجدتْ في نفسها القدرة على رفع رأسها قليلًا، خائفة من أن تكون شبابيك وشرفات الحارة كلها مُشرعة تحـدّق فيها.

باكرًا خرجتْ من البيت، كي لا يراها أحـد، تركـتْ وراءهـا بـاب غرفتها مُشْرعًا؛ ثلاثة أيام لم تعرف فيها الغرفة الهـواء، مثـل رئتـي منار تمامًا. ثلاثة أيام بلا هواء كافية لقتل غرفة أوسع بكثير.

سارت في الطريق كما لو أنها تكتـشف قـدميها، وبـدت يـداها علـى جانبيها مربكتين وضائعتين. حاولتْ أن تستحثَّ خطاها أكثر، لتُسرع، لتخرج من شارعها، لكن مغناطيسًا كونيًا كان يـتحكَّم في كـلّ خطـوة تخطوها.

119

لم تر السّوبارو إلّا حين حاذتها تمامًا، ارتجفت روحُها، وشقَّتْها طعنةٌ أسفل بطنها، وبصورة غير إرادية طارت يداها لمكان الألم تحتضنانه.

رفعتْ رأسها قليلًا، نظرتْ للسيارة، كانت الزِّينة على حالها، والزّهور البلاستيكية فوق غطاء المحرِّك مُغبرّة وكريهة، بحيث لم يعد فيها ما يُذكِّر حتى بأزهار بلاستيكية.

❊❊❊

وصلتْ المدرسة، عبرتْ بابها، لم يكن هناك أيّ أثر للحياة، نظرتْ إلى ساعتها، فوجئتْ بعقرب الثواني يدور؛ راقبته، دارتْ معه، إلى ذلك الحدّ الذي أحستْ فيه بالدُّوار.

رفعتْ عينيها، فوجئتْ بأنها وسط حلْقة هائلةٍ من الطالبات اللواتي يحدّقن فيها بعيون حزينة، وبعضهن يبكين؛ في حين كانت المعلمات ينظرن إليها من فوق المساحة الصّغيرة أعلى الدّرجات، أمام الباب الرئيس، وينتظرن صعودها كلجنة استقبال!

بهدوء شقّتْ طريقها نحو المبنى...

ألقتْ تحية الصباح؛ أكثر تحيّات الصباح رتابة وشحوبًا؛ وإلى جانب المعلِّمات وقفتْ تحدّق في الساحة.

❊❊❊

"كنتُ متعبة"! أجابت منار المديرةَ التي لم تسألها عن سبب غيابها.

ولم تكن بحاجة لأن تستفيض، كان اصفرار وجهها يقول الكثير.

"كلنا تأثّرنا بما حدث"!، قالت لها المديرة.

فانتفضت منار: "وكيف عرفتم"؟!

"الصحف كلّها نشرت الخبر! ألم تقرئيه"؟!

"أي خبر"؟! سألتْ بفزع.

120

"خبر مقتل تغريد"!، وناولتها الجريدة، وهي تضيف: "كنا نعرف أنّ وقْعَ مقتلها سيكون قاسيًا عليك"

تغريد الصغيرة تلقت تسع طعنات
على عتبة الباب وهي تستغيث

أقدم المدعو (م.س.خ) على قتل شقيقته ذات الخمسة عشر ربيعا بتوجيه تسع طعنات إلى جسدها، وبعد ذلك قام بتسليم نفسه للشرطة، حيث أفاد بأنه قام بقتلها بسبب تفريطها بشرفها، حين تبين له أنها أسلمت نفسها لأحد الشباب.

وعلمتْ الصحيفةُ أن القتيلة دخلت في شجار مع أخيها على مرأى من أمها، وقد حاولت الأمّ الوقوف بينه وبين ابنتها عندما أشهر السكين، لكنها لم تنجح، إذ ألقى بالأمّ أرضًا ووجَّه الطعنة الأولى لشقيقته، وفي تلك اللحظة أمسكت الأم الملقاة على الأرض بقدم ابنها محاولة أن تمنعه، حيث استغلَّت المغدورة ذلك وبدأت تجري وتستغيث متوجِّهة للباب الخارجي، إلا أن شقيقها تمكن من اللحاق بها، بمجرد أن أشرعت الباب، وفي كلّ مرة كانت تحاول أن تصرخ أو أن تقول شيئًا كان يوجِّه إليها طعنة، قبل أن يُجهز عليها نهائيًا على مرأى من الجيران، والمواطنين الذين صادف مرورهم في تلك اللحظة.

وجرى تحويل المجني عليها إلى الطبيب الشّرعي، حيث تبين أنها حامل، في شهرها الثاني، وبعد إجراء الفحوصات اللازمة تبيَّن أن القاتل هو والد الجنين، وبمواجهته بالحقائق اعترف بأنّه قتلها لأنها هددته بإخبار أمها وأخويها إذا ما واصل الاعتداء عليها. وتم توجيه جناية القتل العمد للمتهم وتحويله للقضاء ليأخذ العدْل مجراه.

***

كانت منار تعتصر رأسها بكل ما تستطيع من قوة، وفي تلك اللحظة أبصرتْ المديرةُ بقعَ دم فوق جبين منار. بسرعة أبعدتْ يدي منار، ومسحت الدَّم بمنديل ورقيّ. كانت جبهتها خالية من الجروح، أمسكت المديرة بإحدى يدي منار ونظرت إليها، وكم هالها أن رؤوس أصابعها كانت ممزَّقةً.

5

لم تعد منار تستطيع النّوم إلّا وظهرها للزّاوية، تُحَدِّق أمامها بفزع، وبين حين وحين تنظر خلْفها، كما لو أن نصلًا سيخرج من نقطة التقاء الجدارين.

هزلتْ، بحيث غدتْ في نصف حجمها؛ غارتْ عيناها، وانتشرت بقعتان سوداوان حولهما؛ أما جلدها فترقَّق وتجعَّد كاشفًا عـن كـلِّ مـا تحته.

انحنى ظهرها قليلًا، وطفرت عظمتا وجنتيها؛ نظرتْ إلى يـديها، أحسَّت بأنهما لإنسان غيرها.

كان القرار الذي مزّق عقلها، هـو: هـل تتوقَّف عـن الـذّهاب إلى المدرسة، أم لا؟

تحوّل البيت إلى وحش بآلاف الأرجـل والأيـدي، يـتربّص بهـا ليل نهار، وكان يكفي أن تسمع صوت أخيها أمين، حتى تحسّ بلحمها يتفتَّتُ ويتساقط حولها.

***

أغفتْ أخيرًا. بعد لحظات انتفض جسدها، يدٌ عملاقةٌ كانت تُطوِّح بها من جدار إلى جدار؛ ثم فجأة، بزغ وجه وجه أبيها، ولم يكن وجهه تمامًا،

123

كان هو وغيره في آن، يقف على قدميه ويتقدّم منها، يرفعها بيـد واحـدة ثم يلقي بها. تنظر، تجد نفسها تسقط في فراغ بلا قاع، تتشبَّث بـالهواء، بالعتمة التي تزداد، تصرخ، تصحو بأصابع تنزّ ألمًا ودمًا.

ترتدي ملابسها، تذهب للمدرسة، تحاذي سيارة السّوبارو المتوقّفـة. الـشارع خـالٍ مـن المـارّة؛ وكـذلك النوافـذ والـشرفات مـن العيـون الفضولية، يهيأ إليها أنها تسمع صوت أمين قادمًا من بيت زوجته الجديدة.

لم يزل يتقلّب في شهر العسل.

تلتفتُ خلفها، يهيأ إليها أن زوجته نبيلة تقف أمام باب بيتها وتنظر صوبها. لم تعرف إن كانت نبيلة تنام، أم أنها مثلها تمضي الليـل وهـي تحدّق في سيارة السّوبارو التي أسـودَّت ورودهـا، وانقطعـتْ شرائطهـا الملونة، وراحت تتطاير مع كلِّ هبّة هواء.

كان يمكن لمنار أن تلجأ لنبيلة، لكنها كانـت تعـرف، أن مـا في هـذه المرأة يكفيها. كيف يمكن أن تلقي على قلبها كلَّ عذاباتها؟! ومـا الـذي يمكن أن تقوله لنبيلة؟! "زوجك كان السّبب في كلِّ مـا حصـل لي"! هل تقول لها: "إنني هدية زواجه التي أرسلها يونس؟ يونس الذي كان حريصًا على أن يوصل الهدية إلى طرف الشارع قبل أن يجفّ دمها"!

✳✳✳

ذات صباح، وصل أحد المُحضِرين، سـأل عـن منار في غرفـة إدارة المدرسة، وعندما سألته المديرة عن الغرض من سؤاله، قال لها: "مطلوبة في المحكمة لتشهد في قضية مقتل تغريد"!

بيدين مرتجفين وقّعتْ على استلام استدعاء الشّهادة، حاولتْ المديرة أن تشدّ أزرها بينما المُحضِر يبتعد: "لا عليكِ، أمرٌ روتيني، سيسألونكِ

124

بضعة أسئلة عما قالته لك تغريـد في ذلـك اليـوم وتعـودين لبيتـك بـلا مشكلات".

لكن منار كانت تخشى المحاكم والشرطة، والنوافذ والشرفات، كما تخشى الهواء الذي يهبّ في الشارع ويرفع طرف فستانها، الفستان الـذي لم تكن قادرة، رغـم ذلـك، عـلى استبداله ببنطـال، فالبنطـال فاضح، والفستان يسترُ ذلك التكوُّر الصغير الذي بدأت تحسّ به في داخلها قبـل أن ترى أثره بطنًا منتفخًا.

❋❋❋

لم تقل لأحد من أهلها أنها ذاهبة للمحكمة لتُدلي بشهادتها، والمـديرة قالت لها: "سأذهب معكِ إن كنت خائفة"! وذهبتْ.

في الممرّ الذي بدا معتمًا، شعرتْ منار بأن عليها أن تتحسَّس طريقها بيديها، وفي كلِّ وجه غامض تراه، كانت تبحث عن وجه أكثر غموضًا قد يطلّ في أيّ لحظة ويطلق النار عليها مباشرة؛ ولم يكـن هـذا بـالأمر الغريب، فكم من شخص أخذ بثأره أو قتل امرأة أو غريمًا عـلى أبـواب المحاكم.

قرأتْ منار ذلك، وسمعتْ عنه الكثير، ورأته في الأفلام أيضًا.

حين نظرتْ إلى ذلك الشّاب الغاضب المائل أمام القاضي، ارتعبتْ، ارتدَّتْ للوراء؛ لم يكـن سـوى أمـين! أحسَّت المـديرة بـما حـدث لها، وضعتْ يدها على كتف منار برفق، نظرتْ منار خلْفها، كان أبوها هناك قابضًا بقوّة على كتفها، صرختُها أوشكتْ أن تنفجـر، لكـن ابتـسامة المديرة المشجِّعة، هدَّأت من روْعها.

نظرتْ إلى ذلك الشخص الغاضب مرّة أخرى، بكراهية كـان ينظر إليها كما لو أنه اختارها ضحيةً ثانية.

125

"لا تنظري إليه"، قالت لها المديرة.

∗∗∗

بمجرد أن سمعت السّؤال الأول، قالت كـل شيء للقاضي دفعـة واحدة، كما لو أنها شريط تسجيل احتفظ بكلِّ كلمة أو تنهيـدة قالتها تغريد.

ولوهلة، أحسَّت بأن الصوت الـذي يخرج من فمها هو صوتُ طالبتها، سمعتْه بأذنيها واضحًا، صوتَ القتيلة التي استغاثت هناك على مـرأى مـن الجميـع، دون أن يجـرؤ أحـدٌ على مـدِّ يـده إليهـا، في تلك اللحظات المجنونة التي أصبحتْ خلالها تغريد مُلْكَ الخنجر وحده.

"وما الذي قلتيه لها حين جاءت إليك، بماذا نصحتِها"؟

استردّت صوتها حين أجابتْ على ذلك السؤال الذي حوّلها لشريكة للقاتل: "نصحتها أن تقول كلَّ شيء لأمها، قلت لها أمـك ستتصرف بمساعدة أخويك، وحذّرتها مـن أن تهـدّده؛ نصحتُها أن تتحاشاه مـا استطاعت، حتى تجد أمُّها الحلَّ".

"ولماذا لم تخبري الشرطة"؟

" قلتُ إن أمها أحقّ مني بأخذ القرار الذي تراه مناسبًا".

"ألا تعتقـدين بأنـه كـان عليـك أن تتصـرفي بمسـؤولية أكـبر، لأن الشرطة هي الوحيدة القادرة على حمايتها"؟!

"كنت أعتقد أن أمَّهـا وأخويهـا هـم الـذي سيجدون الحـلَّ الـذي يريدون"!

بعد أسئلة أخرى ظلّت تـدور في الـدائرة نفسـها، أَذِنَ لهـا القـاضي بالمغادرة، ودون أن تدري وجدتْ نفسها تنظر إلى القاتـل بصـورة لا إرادية، وكم أفزعها أن ترى وجه أمين يعود ويحتلّ وجهه.

126

محطَّمةً نهضتْ، وعندما وصلتْ الباب، عادتْ وتوقَّفتْ، سألها القاضي: "هل تذكَّرتِ شيئًا آخر؟ لا تخافي، فأنتِ ستكونين في حماية القانون"!

ردَّت "إنني حامل"!

6

لم يتوقَّف عصام عـن الاتـصال بهـا، ودائـمًا كانـت في انتظـاره تلـك الرّسالة الآلية، لذلك الصوت الذي لا يُدرك أبدًا معنى أن تقلق، معنى أن يكون لك حلم واحد في الكون: أن يجيب الشخص الذي تطلبه ولـو بكلمة واحدة (ألو!)، ثم فليُغلق بعدها الهاتف من جديد، إلى الأبد.

أكثر من شهر مرَّ على آخر لقاء بينهما، شـهر طويـل لم يكفَّ عـصام خلالـه عـن التـردّد عـلى شـارعها والوقـوف أمـام مدرستها، منتظـرًا ظهورها.

وظهرت أخيرًا، سار خلفها وهو يهمس لها متوسِّلا، أن تقول كلمـة واحدة، لكن فمها كان قد خِيْطَ بإحكام. تبتعد، يمسكُ الهاتف ويطلبها وهي أمامه، فتأتيه تلك الإجابة: إن الهاتف الذي طلبته مغلقٌ حاليًا.

❊❊❊

قال عصام لأبيه، أريد أن أعمل معك في المحلّ، إلى أن يحلَّها الحلَّال.
علَّق أبوه: "أخيرا اقتنعتَ؟! لقد حفيَ لساني وأنا أقول لك، يا ابني (العب بالمقصقص إلى أن يأتيك الطيَّار) ولكنك لم تكـن تـسمعني، فـما الذي تغير"؟!

❊❊❊

أدرك عصام أن أفضل طريقة للوصول إلى بيت منار، هي أن يعمل؛ أن يذهب لخطبتها، حتى إذا ما سأل أهلها: "... وماذا يعمل السيد عصام"؟ أجاب والده بثقة: "إنه يعمل معي في محلّ الأقمشة، إلى أن يجد العمل الملائم، فهو في النهاية يحمل شهادة جامعية، ومن المستحيل أن يبقى في هذه المهنة للأبد"!

هزَّ والد عصام رأسه: "لم تعمل إذن حبًّا في العمل، بـل لأنـك تريـد شيئًا من وراء هذا! كي لا أسألك السّؤال الـذي لـن تـستطيع الإجابـة عليه لو كنتَ بلا عمل: (كيف ستعيل بنت الناس؟ كيف ستعيشان)؟

لكن أباه لم يقل هذا، سأله: "من أين تعرفها"؟! فردّ عصام: "كانت زميلتي في الجامعة".

"وهل تعمل، أم أنها هي الأخرى بحثتْ عـن أيّ شيء تعمـل فيـه لتقول إنها تعمل"؟"!

"إنها تعمل مُدرِّسة في إحدى المدارس الحكومية".

هزَّ الأب رأسه وقال: "إذا كـان هـذا قـرارك، فعلـى بركـة الله، هـل تريدني أن أزفّ الخبر لأمك أم أنك تريد أن تزفّه إليها بنفسك؟ أظن أنها ستفرح كثيرًا، فأنت ولدها البِكر"!

❋❋❋

فرحت أم الأمين حين قال لها ابنها أنور: "الذين في الـدّاخل جـاؤوا لخطبة منار"! أوشكت أن تزغرد، لكنها لجمت لـسانها في اللحظـة الأخيرة.

تجمّعوا في الداخل كلّهـم، أبـو الأمـين أخـوه سـالم وبقيـة أخوتها، وأمين، في حين جاء والد عصام وعمٌّ له واثنان من أخواله.

129

كان أبو الأمـين أكثرهم قلقًا عـلى ابنتـه وهـو يراهـا تـذبل أمامـه وتتلاشى، ولكنه لم يكن يعرف إن كانوا سيقبلون بها إذا ما رأوهـا عـلى تلك الحال.

سألهم عمُّها سالم، باعتباره كبير العائلة، بعد كلمات ترحيب خاليـة من المعنى: "ومَنْ دلَّكم علينا؟ وأخبركم أن لدينا فتاة بعمر الزّواج"؟

تبادل عصام ووالده النّظرات، وقال الأب بارتباك: "كانا يدرسان في الجامعة معًا، وأكّد لي عصام أنها البنت الأكثر رزانة والأرفع أخلاقًا بين زميلاتها"!

"كان يعرفها يعني، وتعرفه"؟!

"يعرفها كزميلة له، كما تعرفه كزميل لها، هذا كلُّ ما في الأمر"؟!

"آها"! علّق عمّها سالم ساخرًا، وأضاف: "تريد أن تقول لي إنه لم يكن يُحدِّثها ولم تكن تحدِّثه"؟!

تبادل عصام ووالده النظرات من جديد، وقال أبو عصام محاولا لجمَ غيظه ما استطاع: "كأن العمَّ سالم لا يعرف أن الطلاب والطالبـات في الجامعة يدرسون في قاعة واحدة"؟

"لا، أنا أعرف هذا كلّه، ولكن أخي، والدها، لم يكن يريد أن يعرف هذا، وها هي النتيجة"؟!

"أي نتيجة، ما دمنا هنا نخطبها على سنة الله ورسوله، وكـما يقتـضي الشّرع"؟

"على أيّ حال، أهلا وسهلا بكم، أنا عمّها، لكـن الكـلام النهـائي لأبيها، وأخوتها، وهم الذي يقرّرون"؟

عاد أبو الأمين للتّرحيب بضيوفه، ثم استأذن لأنـه يريـد أن يستـشير أهله.

"ما دمتَ أرسلتها للجامعة، فإن أقلَّ ما يمكن أن تفعله الآن هو أن تستشيرها"! قال سالم ذلك، وهو يهزّ رأسه بلؤم.

غالب أبو الأمين آلام ظهره، وببطء مُعذِّبٍ استطاع مغادرة الغرفة.

حين أصبح خارجها، أسند ظهره إلى الحائط وأخذ نفسًا عميقًا.

***

وضعت منار قدميها في الحائط، وقالت: "لا أريد أن أتزوج"! وعندما سألها والدها ذلك السؤال البسيط:

"لماذا يا بنتي"؟! راحت تبكي بهستيريا أفزعتْه.

"لن أجبرك على شيء، تأكّدي من ذلك، أبوك الذي يحبّك لن يجبرك على شيء، ولكن ألا تريدين أن تعرفي من هو الذي جاء يطلبـك"؟! ولم ينتظر إجابتها: "يقول إنه كان واحدًا من زملائك في الجامعة، اسمه عصام، هل تتذكّرين شابًا بهذا الاسم"؟!

صرخت: "لا أريد، قلتُ لكم لا أريد أن أتزوّج"!

"على راحتك! ولكن، هل تريدين التفكير في الأمر قبل أن نعطيهم جوابًا نهائيًا"؟

جفّفتْ دموعها، ونظرتْ إليه بعينين مطفأتين: "لا. هذا هو جوابي النهائي"!

***

خرج أبو الأمين من غرفة منار أكثر ارتباكا مما كان عليه حين دخلها، هو الذي أدرك فجأة أن ابنته كبرت وأن هناك من جاء ليخطبهـا. ومرّة أخرى، أسند ظهره للحائط وأخذ نفسًا عميقًا قبل يعـود إلـيهم. تأمّـل شجرة التين، كانت بعض أوراقها قد جفّت وسقطت صفراء لا حياة فيها، دخل.

131

❋❋❋

" الحمد لله، كانت البنت أكثر عقلانية من الجميع حين رفضت، لأنها تعرف أن أيّ ولد من أولاد أعمامها أولى بها من هذا الغريب الـذي يشبه جَمَلًا، رغم أنني لا أعرف إن كان أيّ منهم سـيتقدَّم لخطبتهـا بعـد الآن، إذا ما علموا بأنها كانت تتكلّم مع شباب الجامعة"!! قـال سـالم ذلك وهو يغادر المنزل كمُنتصر.

وضع أبو الأمين رأسه بين راحتيه وأسند ذراعيه على يـديّ الكـرسي المتحرّك، وراح يفكّر في ذلك الذي حصل، غير مدرك ما الـذي حـدث ويحدث، وأيّ لعنة تلك التي أصابت هذا البيت وهزّت أركانه.

7

تحسَّست منار بطنها وهمست لنفسها: "كنتُ مجنونة لأنني فكَّرتُ في ذلك اليوم أن أقول للقاضي بأنني حامل، ولكنني ربما كنت مجنونة أكثر لأنني لم أقلْها"!

***

موت تغريد، ومعرفة أسرة أبو الأمين بتفاصيله، دفع الأم والأب، بشكل خاص، أن يتركا منار تداوي جرحها بهدوء، قالا: "الزمن أفضل طبيب للجراح"! هما اللذان لم يعرفا بأن الجرح كان يكبر يومًا بعد يوم.

أعدّت منار نفسها جيدًا لرفض كلّ من يتقدَّم لطلب يدها؛ كانت على ثقة من أنها ستكون بذلك قادرة على دفن سرِّها في داخلها إلى الأبد، أما أن يبدأ بطنها بالانتفاخ، فهذا ما لن تستطيع إخفاءه. تأخَّرت عادتها الشّهرية، بدأت منار تتقيأ، داهمها الدُّوار بين حين وآخر، فقدت آخر أمل تعلَّقت به، ولم يكن هنالك شيء يخيفها أكثر من فضيحة بهذا الحجم: الحمْل.

... رغم نحول جسدها وتطاير قوّة الحياة منه، استطاعت أن تجمِّع نفسها، تقفز، وتوجه اللكمات لجسدها، تنام على طرف السرير، تسقط

على الأرض، وتـركض في مكانهـا كفـأر داخـل دولاب لا يكفّ عـن الدوران، ترفع طرف السرير وتنزله مرات متتالية، وتشرب الكثيـر مـن القِرفة، التي تعرف أنها تساعد على التّخلّص من أي جنين.

وفي النهاية لم تصل إلى شيء.

التجأت لزاويتها من جديد، دون أن تكفَّ عـن النّظر خلْفها بين حين وحين، تغمض عينيها، تفتحهما، فإذا بعشرات الأنصال تبرق في العتمة. تغمض عينيها وتندسّ في الزاوية أكثر وأكثر، تتلاشى فيها، وحين يهـدأ كلّ شيء، تبدأ بسماع تلك الهمسات المتقاطعـة تأتيهـا مـن كـل مكـان: ‏"اقتلوها"‏!

تقف، تلوّح بذراعيها، طاردةً تلك الهمسات التي تدور حولها، كـما تطرد الذباب. تتعب.

يطلُّ النهار،

تخلع منامتها، تتحسّس جسدها من جديد، ترتـدي ملابـسها، تفتح البـاب، تنظـر باحثـة عـن أحـد هنـاك، لا تـرى؛ تتسـلل عـلى رؤوس أصابعها، وفجأة تتجمّد، تنظر أمامها، أمـين يُشـرع البوابـة الخارجيـة بضربة من حذائه، ويندفع نحوها شاهرًا خنجره.

تتراجع، تبدأ بالركض نحو باب غرفتها.

تسقط، لكنها تكتشف أن التي سقطتْ هي تغريد، وتـرى الطعنـات توجه إليها واحدة بعد أخرى.

تصل عتبة غرفتها، تجتازها، تغلق الباب بعنف، تدير المفتاح في القفل بيد مرتجفة، تحدّق في خشبه البنّي المائل لحمرة الدّم الجاف، منتظرةً قـدمَ أمين أن تهبَّ وتقتلعه.

تسمع طَرْقًا على الباب، تتراجع أكثر، تلتصق بزاويتها، ويشتدّ الطَّرق على الباب أكثر "افتحي"! كان الصوت صوت أمين، لكنه بدأ يتراجع قليلًا قليلًا ليغدو صوت أمّها؛ أمّها التي بالباب، تحاول التقاط أنفاسها: "افتحي يا منار، أنا أُمّك، حبيبتك، افتحي يا قلبي"! لكن منار لا تفتح.

تبتعد الأم بعيدًا.

وتنتهي علاقة منار بأي شيء في الخارج.

***

مساء دخل أمين بيت تمام، ناولها بضعة أكياس، واستدار. سألته "إلى أين"؟

"إلى بيت أبي".

علَّقتْ: "إلى بيت أبيك أم إلى بيت ستَّ الحُسن نبيلة"؟! هل نسيت أن هذا اليوم لي وليس لها""؟!

"لم أنس، ولكن يبدو أن منار مريضة وأمورها صعبة"، أجاب.

"دلع بنات، لا تشغل بالك"! علَّقتْ.

خرج، تبعه صوتها:

"أنا في انتظارك، ستعود أليس كذلك"؟! هزَّ رأسه ولم يجب.

***

حينما أبصرتْ أمين يدخل، ارتعبتْ، قفزتْ واختبأت خلف أمّها، حاولت أمها أن تهدئ من روعها: "هذا أخوك، حبيبك، أمين"! ورأت نبيلة خلفه.

اطمأنت.

لكنها واصلت النّظر إليه باحثة عن شيء ما في يديه.

صامتًا جلس أمين، قال لها برقّة لم تكن تتوقّعها: "سلامتك"؟

ارتجفت شفتاها قبل أن تجيب: "الله يسلّمك"! دون أن ترفع عينيها عن يديه.

"لا يجوز أن تفعلي هذا بروحك؛ البنت ماتت، الله يرحمها، يجب عليك أن تفكري الآن بنفسك"! قال لها أمين.

ولم يكن يعرف أنها لم تكن تفكّر في شيء أكثر مما تفكّر في نفسها، وفيه.

ارتفعت يد أمين، واختفتْ في جيب سترته، فتراجعت منار للخلف، انتبه أمين لحركتِها، أخرج يده ولوَّحَ بعلبة سجائر.

"لن أدخن"، قال لها: "أعرف أنك تكرهين رائحة السجائر"، وألقى بالعلبة خارج الغرفة؛ وأضاف وكأنها عمياء لم تر ما فعله: "ها قد ألقيتها بعيدًا"! وصمت قليلًا: "والآن؟ لا بدّ لنا من أن نجد حلًا للمشكلة التي أنتِ فيها، تريدين طبيبًا، سنأخذك إلى الطبيب"!

"لا، لا أريد أن أذهب إلى الطبيب؛ لستُ مريضة لكي أذهب إلى الطبيب"! ردّت بخوف.

"خلاص، لا تريدين طبيبًا، لن نأخذك إلى الطبيب، ولكن عليك أن تعديني بأن تفكري بنفسك وبصحتك"! وبعد صمت طال سألها: "هل أنت متأكدة من أنك لست بحاجة لطبيب"؟

"لا، أنا تعبانة، أريد أن أستريح".

"على راحتك"، ردّ أمين: "ولكن تذكّري، إذا بقيت على هذا الحال، فسأحملك رغمًا عنك إلى أقرب عيادة"!

هزّت منار رأسها كأنها توافقه.

"سأتركك، الآن"، وخرج.

***

في الحوش كان أبو الأمين يجلس مستمعًا لكل كلمة قيلت في الدّاخل. حين خرج أمين، طلب منه والده أن يتبعه، فتبعه: "أحضِرْ ذلك الكرسي، لي حديث معك" قال له أبوه.

في زاوية بعيدة قرب باب الخروج انتظر أبو الأمين ولده إلى أن أحضر كرسيه وجلس.

"هناك كلام تريد أن تقوله أبي"؟!

"هناك الكثير من الكلام"!

"تفضّل".

"تعرف أن أختك لم تعد تذهب لتلك المدرسة، وهي الآن بحاجة لرعايتنا، ويبدو أنها لن تستطيع أن تأتي إليَّ وتضع راتبها بين يديَّ كما فعلتْ في الشهور التي عملتْ فيها"!

"أفهم ما تريد قوله"، قال أمين.

"وما دمت تفهم ما سأقوله، لماذا نسيت أن في هذا البيت أناسًا يجب أن يأكلوا ويشربوا ويدفعوا فاتورة الكهرباء، أناسًا يمرضون ويعانون، ورغم ذلك كلّه تمرُّ بهم دون أن تراهم"؟!

"أعرف أبي أنني قصرَّت في الشهور الماضية"!

"تقصيرك بدأ منذ استلامك السّيارة؛ قلْ لي، ما هو المبلغ الذي أعطيتنا إياه منذ أن بدأت العمل عليها"؟!

أطرَق أمين: "تعرف أبي، أنني أنفق الآن على بيتين، وما يأتي لا يسدّ حاجتهما"!

"والبيت الثالث، هل نُلقي به، وبمن فيه، إلى الجحيم"؟!

"كنت مطمئنًا إلى كون منار تقوم بمساعدتكم"؟

"ومـن قـال إن عـلى البنـات مسـؤولية إعانـة أسرهـنّ مـع وجـود الأولاد"؟!

"أعدك، كل شيء سيصبح أفضل"، قال أمين وهـو يـسعى لإنهـاء الحديث.

"أنظر إليَّ يا أمين، لا تجبرني على أن أستجدي منك حقّي وحقّ أمك وأخيك وأختك مرّة أخرى؛ ثم لا تنس أن هذه السيارة لي وأنك لم تدفع فلسًا واحدًا مساهمة في ثمنها"!

❊❊❊

استدار أبو الأمـين وتوجّـه إلى غرفـة منار، دافعًا الكـرسي بأسـى، وتاركًا ابنه في مكانه.

كانت نبيلة تراقب من بعيد، ولذا، ما إن وضع أمين يـده عـلى أكـرة الباب ليخرج، حتى تجاوزت المسافة التي تفصلهما؛ لحقتْ بـه، وأمـام الباب سألته: "إلى أين"؟

"ألا تعرفين إلى أين؟ إلى جهنم"! قال لها بغضب.

"هكذا إذن"!

"نعم هكذا، هل لديكِ اعتراض"؟!

"أبـدًا، فـما دمـت ذاهبًا إلى جهـنم عـلى قـدميك، لـن أسـتطيع أن أمنعكَ"؟

8

تلبَّدت السماء بالغيوم فجأة، وهطل المطر؛ مطرٌ حبيس تـدفَّق غزيـرًا محوِّلا الشوارع إلى أنهار، وكلَّ مساحة فارغة من الأرض إلى بحيرة.

لم يكن هناك مَن يتوقع ظهيـرة كتلـك، فلـم ينفـع النـاسَ جريُهم للاحتماء بمظلّة محلٍّ تجاري أو مدخل بناية.

تفرَّقوا في كلِّ الاتجاهات مثل مسبحة انفرطت فوق أرضية رخاميـة، كلّ منهم يحاول اتقاءَ المطر بما في يده؛ وغـدا اجتيـاز الـشوارع مغامرة، حينما استطاع الماء المتدفِّق في المجاري دفعَ أغطيـة المناهـل إلى الخـارج، فامتلأت الشوارع بالنّوافير.

... ولم يكن سائقو السيارات أقلّ ارتباكًا وهـم يتزاحمـون عـلى كـلِّ سنتمتر فارغ ليزجّوا بمقدِّمات سياراتهم عبره، للخروج من ازدحـام لا أفق لنهايته، وفي أمكنة كثيرة تعطَّلت سيارات قديمة مُغلِقةً الطُّرق.

***

خرجت نبيلة بسرعة لتلمّ غسيلها عن الحبل، وبعـد ثـوان اكتـشفت عبث محاولاتها، كان أكثر ابتلالًا من تلك اللحظة التي نشرته فيه.

وفي الجانب الآخر من البيـت، وقفتْ منار أمام غرفتها تنظـر للمطـر بعينين زائغتين، لكنّ المطـر حَمَلَ إليها هبّـة حياةٍ غامضة؛ للحظات

أحست بأنها خارج نفسها، وأنها تمشي إلى ما لانهاية تحت ذلك السَّيل السَّاقط من السماء بغزارة لم تر مثلها.

فجأة، أدركت أن عليها القيام بتلك الخطوة، نظرتْ إلى قدميها، وجدتْهما حافيتين، فكَّرت بالدخول إلى الغرفة وجلب الحذاء، لكنها لم تكن على يقين من أنها ستعود وتخرج ثانية إذا ما دخلتْ.

من الصعب أن يكون ذلك كلّه في النهاية مرهونًا بحذاء.

لم يكن الأمر صعبًا كما تصوَّرت، كانت بحاجة لخطوة واحدة لا غير، خَطَتْها؛ أحسَّتْ بالماء يتنزَّل على رأسها وكتفيها بقوّة، سارت نحو البوابة، المطر يزداد ضراوة، فتحتُ الباب، ووقفتْ أمام مظلته الإسمنتية الصغيرة؛ كانت أشياء كثيرة تطفو فوق الماء المندفع، ولم يعد هناك ما يدلُّ على أن شارعًا ما كان أمام الباب.

انعطفت يمينًا. الماء قادم باتجاهها، ولم يكن سهلا عليها أن تسير حافية عكس التيار، حاولتُ ما استطاعت إيجاد نقطة توازنها، رفعتْ يــدها وسـارت تتحسّس الجـدار كعميـاء، دون أن تفارق عيناها انحدارات الجداول الصغيرة القادمة من الأزقة والشوارع العالية.

أمام باب نبيلة وقفتْ، غير قادرة على أن تنظر خلْفها، طَرَقتِ الباب، لكن صوت المطر كان يبتلع كلَّ صوت؛ دفعتُ الباب ودخلت. الماء يغمر كلَّ شيء في الدّاخل، وبلا كلل يحاول الوصول إلى عتبات الغرف، أما الدّرجات فتحوَّلت إلى سدٍّ صغير. أبعدت قميصين مُعلَّقين على الحبل ومرَّت من بينهما.

بحثت بقدمها العارية عن حافة الدَّرجة الأولى، اصطدمت بشيء، تألَّمتْ، لكنها وصلتْ أخيرًا للدَّرجة الأولى؛ صعدتْها، وهي تتحسّس الدّرجة الثانية بأطراف أصابع قدمها. صعدتْ، فلم يعد الوصول إلى الدَّرجة الثالثة أمرًا مستحيلًا.

طَرَقتِ الباب، أشرعتـه الصّغيرةُ سَلَام، هتفتْ بفرح: "عمتي منار"!

لم تُصدِّق نبيلة عينيها؛ نهضت بهدوء كما لو أنها تقترب من طائر حطَّ في حوش بيتها وتخشى أن يطير؛ اقتربت منها، احتضنتها، لم تنتبه نبيلة إلّا متأخرة إلى أنها تعانق غيمة، تسلّل الماء من فستان منار نحو فستانها، وفجأة ارتجفت نبيلة حين أحسّت أيّ جسد بارِدٍ ذاك الذي بين يديها.

كانت نبيلة على وشك أن تسألها: "وما الذي أخرجكِ في هذا المطر"؟! دون أن يخطر ببالها أن هذا المطر أكبر نعمة هبطتْ على هذا البيت منذ ثلاثة أشهر.

حاولتْ نبيلة أن تبعدها، فأحسّت بمنار تلتصقُ بها أكثر فأكثر.

همستْ لها: "عليك أن تستبدلي ثيابك، وإلا ستمرضـين، وأمـرض معك"! لكن منار ازدادت التصاقًا بهـا، وقبـل أن تبـوح منار بسـرِّها، وتقول بصوت مجروح: "أنا حامل يا نبيلة"! هوى قلب نبيلة.

أبعدت نبيلة منار بكل ما فيها من قوّة، ووضعتْ يدها على فـم منار حيث راحت كلمة حامل تتدفّق منه سوداء بلون الليل.

"يكفّي"! صاحت نبيلة، ولولا جنون المطر في الخارج، لكـان الحـيّ كلّه قد سمع صرختَها.

"يا مصيبتك يا نبيلة، يا مصيبتك"!

كانت نبيلة تحبّ منار، لم تكن تكبرها سوى بأربع سنوات؛ كانتا صديقتين، رغم فارق السّن الذي يبدو شاسعًا في عمـر الصِّبا، ولعـل وجود منار في البيت نفسه الذي يوجد فيه أمين، كان جزءًا مـن موافقـة نبيلة على الزّواج منه.

"منذ متى"؟ سألت نبيلة.

"منذ ثلاثة أشهر"، ردّت منار وكأنها تتحدّث عن فتاة لا تعرفها.

"ثلاثة أشهر؟! يا مصيبتك يا نبيلة، وما الذي يمكن أن نفعله الآن بعد ثلاثة أشهر، ما الذي يمكن أن نفعله يا منار"؟!

كانت سلام تتقافزُ حولهما، تجري نحو الباب ثم تعود راكضة كما لو أن المطر طفلٌ يطاردها.

"لا أعرف، كل ما في الأمر أنني لم أعد قادرة على حَمْل هذا السرّ وحدي"!

"سـيذبحونكِ، سـيذبحونكِ، ألا تعرفين هـذا، ألا تقـرأين الجرائد"؟! ثم التفتتْ إليها وقالـت: "لا تتحرَّكي مـن هنا، إياك أن تتحرّكي من هنا، سأذهب لإحضار أمّكِ"!

"أرجوك، لا تحضريها، لا أريد أن تعرف شيئًا"!

"وهل تعتقدين أنني سأتدبَّر أمرًا كهذا وحدي"؟

انطلقت نبيلة صوب بيت حماتها، في حين واصلتِ الصغيرة جريها بين الباب والسّرير.

✳✳✳

كما تَرَكَتْها، وجدتْها هنـاك واقفـة، وجههـا للدّاخـل، لا تجـرؤ عـلى الالتفات، فثمة وحشٌ خلفها.

كانت أم الأمين تجري خلف نبيلة، وسؤال أبو الأمين يجري خلفَهما: "ما الذي يحدث هناك"؟

"البيت يدلف، وأنا بحاجة لمساعدة أم الأمين"! قالـت نبيلـة وهـما تبتعدان.

✳✳✳

142

وقفت النساء الثلاث وجهًا لوجه، مبتلّات بماء فضيحة لا يجفّ، وصامتات كأنهن مُتْنَ واقفات.

"سيذبحونها"! تمتمتْ أمها هاذيةً وهي تنظر إلى نبيلة: "سيذبحونها"، قالت وكأن منار لم تكن هناك.

9

سمحت السكرتيرة لمنار بالدّخول إلى غرفة الطبيب، نهضن ثلاثتهن، قالت السكرتيرة: "واحدة منكنَّ فقط يمكن أن تدخل مع المريضة"!

"أدخلي أنت معها يا نبيلة، لن أستطيع احتمال ما سيقوله أيًّا كـان"! قالتْ أمّ الأمين.

دخلتا، بعد عشر دقـائق أمـضاها في فحـص منـار، جلـس الطبيـب خلف طاولته، في الوقت الذي كانت فيه منـار خلـف الـسِّتارة تُـسوِّي وضع ثيابها.

سألته نبيلة بقلق: "طمّني يا دكتور"؟

"الحمد لله، هي بخير، وجنينها بخير، ولكن يلزمُها تغذيـة جيـدة، يبدو لي أنها أهزل امرأة حامل دخلت هذه العيادة"!

"ولكنها بنت يا دكتور"، قالت نبيلة وهي تمسح دموعها.

"ما الذي تعنينه بقولك بنت؟ أليست متزوّجة"؟!

هزّت نبيلة رأسها راسمة إشارة: لا.

"وما الذي تريدينه مني"؟

"أن تساعدها يا دكتور"!

"أنظـري"، قـال بغـضب: "لـولا أنـني أدرك حجـم المـشكلة وخطورتها، لطردتكما من هنا، ولكني سـأتجاوز كلامكِ هـذا، وأقـول لك، ابحثوا عن الحلّ في مكان آخر، حاولوا أن تـصلوا للمسؤول عمّا حدث وإقناعه بالزّواج منها، هذا كلّ ما لدي. مع السّلامة"!

❋❋❋

ضاق الدَّرج الضيّق لذلك المبنى الـذي فيه العيـادة أكثـر، ووجدن أنفسهن على الرصيف ثانية؛ تحوّل العالم إلى قطعة مـن فحـم، وداهمهـن رعبٌ أن تتوقّف سيارة أمامهن فجأة، ويصرخ سائقها بهنَّ: "ما الـذي تفعلنه هنا"؟!

بدأ الخـوف يتصاعد أكثر فـأكثر، مـع استمرار سائقي سيارات التاكسي بالابتعاد عـنهنَّ غـير مستجيبين لإشارة نبيلـة التي تكفّلتْ بالعثور على تاكسي.

في آخر الآمر، أقبلت سيارة سوبارو، توقّفت بجانبهن، امتلأن رعبًا، وبقي الرّعب يهز أبدانهنّ، رغم أن السائق العجوز بدا طيبًا وليس ثمـة شيء فيه يذكّرهنَّ بأمين.

❋❋❋

"هل هو ذلك الشّاب الذي أتـى ليخطبك"؟ سألتها أمّهـا وهـي تندب حظّها وتبكي كما لو أنها أمام جثة.

لم تُجب منار، فصرخت أمها: "منـذ أمـس وأنـا أسـألكِ، ارحميني وقولي لي، ربما نستطيع إيجاد حلٍّ قبل فوات الأوان"!

"فات الأوان يا خالتي، فات الأوان"! قالت نبيلة شبه هاذية.

"أسكتي أنت"، أمرتْها أمّ الأمين.

❋❋❋

"انتظرني هناك عند رأس الشّارع"! قالت أمُّ الأمين لابنها أنور.

"ولكني تأخرت على المدرسة"!

"اتركْ كتبكَ هنا، واخرج دون أن يحسّ أبـوك بـأيّ شيء، وانتظرني كما قلت لك في نهاية الشارع"!

خرج، وقف ينتظرها حيث أرادتْ، لكنّها تأخرتْ أكثر مـن نـصف ساعة، همَّ بأن يعود ويسألها إلى متى سينتظر، وقد بدا متوترًا.

ظهرتْ أمه أخيرًا، نظرتْ يُمنة ويُسرة، ومسحت النوافذ والـشرفات المقابلة بنظرة سريعة، التفتتْ وراءها، قالتْ شيئًا، وسارتْ، فخرجت نبيلة ومنار تتبعانها.

بقلق شديد راح ينظر صـوبهن، يتقـدَّمن ثقـيلات، كـأن ريحًا قويّـة تدفعهنَّ للوراء.

ومع كل خطوة باتجاهـه، كـان يحـس بجسده يبتعـد. انتابـه حسٌّ غريب، تحوّل بعد لحظات إلى يقين، وقد استقر نظره على جسد أخته.

"منذ متى لم يرها"؟ سأل نفسه.

حين وصلنه، كان غائبًا: "ماذا تنتظر؟ هيّا"، أمرتْهُ أمّه.

"لقد فعلتِها"! قال برعب وهو يحدّق في بطن منار، دون أن يتحرّك.

"أغلق فمك"! أمرتْهُ أمُّه.

أغلق فمه غير مُصدِّق أنه قادر على إطاعتها في لحظة كتلك.

التقتْ عيناه بعيني منـار، لم يـستطع أيّ مـنهما مواصـلة التّحـديق في عيني الآخر، انكسرا في اللحظة نفسها، مثل جناحي طائر محلِّـق شـقّته رصاصة.

"طلبتُ منك أن تأتي لأنكَ الوحيد الذي يمكن أن يكون لـه عقـل في هذه العائلة، أنتَ فهمتَ ما حدث، والآن أريدك أن تمضي معنا، لا أريد

أن نذهب وحدنا في ظرف كهذا، وإياك أن تقول شيئًا، إنها أختك، وقد آن الأوان لتقفَ إلى جانبها؛ أم تريدهم أن يـذبحوها مثـل شـاة وأنـت تتفرّج عليهم"؟

طفر الدّمع من عينيه.

" لا أريد أن أرى دموعك اليوم، أريدك أن تثبتَ أنك الأخ الـذي لا يمكن أن يقبل بأن تُترك أخته وحيدة"!

كانت أمه تسير أمامهم، في الوقت الذي ثقُلتْ فيه خطاه؛ استحثَّته: "أريدك إلى جانبي"، وتمهّلتْ لتتيح له فرصةَ اللحاق بها.

إلى جانبها سار، وخلْفه نبيلة ومنار.

كان على وشك أن ينظر خلْفه؛ قالت له أمّه: "المصيبة خلْفنا، أنظر أمامك، ربما نستطيع معًا الوصول إلى حلّ"!

❄❄❄

الطبيب الثاني هزّ رأسـه بعـد فحصها؛ قـال: "عمليـة كهـذه فيها مخاطرة، ولذا ستكلفكم الكثير"!

"ليس مهمًّا كم ستكلّفنا"، قالت نبيلة، ولكنها حينـما سمعته يحـدِّد المبلغ المطلوب أوشكت أن تسقط.

"كثير، أعرف هذا، ولكن أحدًا لن يقبل إجراء عمليـة كهـذه بأقـل من هذا المبلغ".

خرجن أكثر يأسًا، العالم أكثر حلكة، وسيارات التاكسي الصفراء تحوّلت إلى كائنات متوحّشة شاهرة أنيابها ومخالبها.

"سيذبحونها! تمتمت أُمُّ الأمين على الرصيف دون أن تعي أن صوتها كان مسموعًا.

"أتريدين أن تحرقي دمي بكلامك، أم تريدين منّي أن أهـداً وأفكّر معكِ"؟ قال أنور لأمه بغضب. وعندها عرفت أنها لم تكن تكلّم نفسها فقط.

❊❊❊

فتحتْ تمام الباب، ثلاثتهنَّ كـنَّ يعـبرن الـشارع وحيـدات، بعـد أن تركهن أنور غاضبًا لا يعرف ما الذي يمكن أن يفعله؛ جفلن، في الوقت الذي طارت فيه يدا منار لتستر بطنها. ولم يكن ينقص واحدة مثـل تمـام الذّكاء لتعرف أيّ مصيبة تلك التي هبطت على البنت منار.

تراجعت بدورها للدّاخل، كما تفعل كلَّ مرة تفاجأ فيها بمـرور ضُرَّتها نبيلة من أمام الباب.

كلُّ شيء مرَّ، طوتْ تمام لسانها وجلستْ فوقه، وهي تفكّر بالأثر الـذي يمكن أن تتركه فضيحة كهذه إذا ما انكشفت؛ كانت متأكدة من أنها ستقع على رؤوس الجميع.

❊❊❊

بعد أيام طويلة من محاولة أمّ الأمين ونبيلة الحصول على ذلك المبلغ الذي يريده الطبيب دون جدوى، سقطتا في بئر يأسهما، في الوقت الـذي واصـلتا فيه تشجيع منار وهما تعدانها بالوصول إلى حلّ.

باعتْ نبيلة أسورة ذهبيـة وقـرطين، وباعتْ أم الأمـين أسـورة أخـرى كانت خبأتها لتكون هديتها لمنار يوم عرسها، وحـين عادتـا للطبيـب، قـال بغضب: "قلت لكم إنني أستطيع القيام بهذه العملية قبل ثلاثـة أسـابيع، الآن أصبح الوضع أخطر، ومن الصَّعب إجراء مثل هذه العملية في خارج المستشفى".

خرجن ومعهنّ أنور.

148

كانت الفضيحة تكبر مثل كومة ناشفة من قشٍّ، ولم يكن ينقصها أكثر من عود ثقاب.

وإذا بعودين يشتعلان!

10

اختفت الغيوم، سطعت الشمسُ حارّة بـما يـذكِّر بـشهري تمـوز وآب، خرجتْ تمام للحوش، نظرت إلى السماء، النجوم ساطعة، وقريبة على نحـو لم تره من قبل، لكن الشيء الذي لم يغب عن بالها أبدًا صورة منار وهي تعبر أمامها، خوفها الذي أطلَّ من عينيها، ويداها المرتبكتان اللتان كانتا تشيران إلى الفضيحة وهما تحاولان إخفاءها.

طويلًا فكَّرت تمام بما رأته، غير قادرة على أن تعرف إلى أيّ مدى يمكن أن تكون مجنونة لتُخبر زوجَها بذلك السرِّ القاتل؛ مرتبكة كانت.

ما حدث بعد ذلك كان خارج حساباتها؛ ثمة شيء في داخلهـا، كـان يستحثّها على قول كلّ شيء، دون أن تدرك السَّبب، في الوقت الذي كانـت فيه تقاومه وتدفعه للدّاخل، غير واثقة من أنها كانت تستخدم كلَّ قوَّتها.

***

أم تمام كانت قد التجأت لفراشها باكرًا كعادتهـا، هـدأ العـالم الخـارجي فجأة، كما يحدث دائمًا في الضّواحي ما إن تغيب الشمس.

تلك الليلة، تأخَّر أمين، دارتْ تمام في الحوش، على غير عادتها، فكَّرت في حَمْلها الذي تأخَّر، كان ذلك يؤرِّقهـا وينغص حياتها كلَّما رأت سـلام ممسكة بيد أمها نبيلة وهما تعبران الشارع.

150

لم يكن هنالك أفضل من التلفزيون وسيلة لإضاعة الوقت، بدأت تتنقَّل بين المحطات الفضائية: أفلام، فيضانات، أفاع تتسلّق الأشجار في أفلام وثائقية، رجل عصابة يطلِق النار بكثافة ويقتل عشرة أشخاص على الأقل، ينفض الغبار عن ياقة سترته، يبصق، ويخرج دون أن ينظر خلفه، ثم نشرة أخبار (الجزيرة) واستمرار الحرب على غزّة، مظاهرات في العالم كلَّه، أغنية لنانسي عجرم: أخاصمك آه، أسيبك لا.

تتنهد تمام، وتواصل البحث في المحطات عن شيء تعرف أنها لن تتابعه بالتّأكيد.

﴿ ✳✳✳ ﴾

التقى عقربا الدَّقائق والسَّاعات، عند منتصف الليل؛ ولم يصل أمين. خطر ببالها أمرٌ، استبعدته، ولكنها خرجتْ لكي تتأكّد من أنها مخطئة، وهي تتمنّى ذلك، أشرعتْ الباب الخارجي، ونظرتْ صوب بيت ضرَّتها نبيلة، باحثة عن سيارة سوبارو متوقّفة هناك، تنفّستْ ملء رئتيها؛ لم تجدها.

تحديد أيام الأحد والثلاثاء والخميس لها، وأيام السبت والاثنين والأربعاء لضرّتها، وأدَ أيّ شجار في مهده، وحين برز يوم الجمعة كقنبلة تنتظر من يُشعل فتيلها، قرر أن تكون أيام الجمعة واحدًا لها وواحدًا لنبيلة.

لكنه تأخر،

وهي لم تنم،

قلبها يغلي كمرجل، وقدماها غير قادرتين على البقاء في مكان واحد. وما إن أعلنت الساعة الثالثة فجرًا، حتى كانت قد أشرعتِ الباب خمس مرات باحثة عن أثر السّوبارو. كانت تمام تعرف أن الأمر لم يكن يتعلّق بحبها أو عدم حبها له، كان يتعلق بأين يقضي ليلته.

نامت أخيرًا لفرط تعبها.

151

في السّادسة صباحًا، فتحتْ عينيها، وجدته إلى جانبها، دفعته بيـدها: "أن انهض، كما لو أنها كانت طوال نومها تستعد لذلك الشِّجار.

فتح عينيه، نظر إليها. استشرست تمامًا: "أين أمضيتَ الليل"؟!

"إلى جانبكِ"! أجاب.

"ولكن قلْ لي متى عُدت"؟

"عند الرّابعة"، ثم استدار وهـو يرجوهـا: "كانـت ليلتي طويلـة، فدعيني أنام"! استدار، أخفى وجهه بالغطاء، لكنّها لم تتركـه، لكزتـه مـرّة أخرى: "تتركني طوال الليل أنتظر، ثم تأتي لتنام"! قالت بغضب.

"إياك أن تنطقي كلمة أخرى، قلتُ لكِ، إنني مُتعب وأريد أن أرتاح".

شيء ما، لم تكن تعرفه كان يوقظ عدوانيتها في ذلك الصباح ويحوّلهـا إلى قطة شرسة. مضتْ إلى ثيابه، تشممتْها، صرخـتْ: "أيّ عـاهرة تلـك التي أمضيتَ الليل معها"!؟!

عند ذلك رفع الغطـاء، وسـار نحوهـا بهـدوء، ودون أن يقـول كلمـة، صفعَها، واستدار عائدًا.

أمسكتْ به مـن منامتـه، وجرَّتْـه نحوهـا: "وفـوق هـذا تضربني"؟! وتلقَّت الصَّفعة الثانية: "ليس هناك عاهرة في الدنيا مـا دمتِ موجـودة"! قال بحنق.

"أنا العاهرة! اذهب إلى بيتك لتعرف من هي العـاهرة"؟ قالت وهـي على وشك الانقضاض عليه.

"نبيلة أشرف منكِ وأشرف من كلِّ أهلك"!

"أنا أقصد أختكَ الحامل التي فرَّطت بـشرفها دون أن تـرى ذلـك أيهـا الأعمى"!

تقدّم منها هائجًا، أدركتْ أنه سيقتلُها إن أمسك بها، فرّت إلى غرفة أمها وأغلقت البابَ خلْفها.

راح يضرب الباب بقدميه، بكتفه، كانت تسنده بكل ما فيها من قوّة؛ وبعد لحظات، أدركتْ أن قَطْعَ لسانها كان يمكن أن يكون أهون من قول ما قالته. هدأ كلّ شيء فجأة، سمعتْ البابَ الخارجي يُشرع ويُقفل بعنف؛ فتحتْ الباب، أدركتْ أنها ستكون السبب في قتل تلك المسكينة التي لم تُسئ إليها في أيّ يوم، باستثناء ذلك اليوم الذي لم تحضر فيه عرسها.

***

مجنونًا اندفع أمين صوب غرفة منار، طرَق الباب بقوّة، صرخ: "افتحي"، أفاقتْ أمّه، أخوه، أبوه. خرجتْ الأم يتبعها الأخ، في حين راح أبو الأمين يبحث عن قدميه لينهض وكأنهما ليستا جزءًا منه.

أدركاه أمام الباب. سمع صوت أمّه يدعوه أن يهدأ، توجّه نحو المطبخ، بحث بجنون، تناثرت أوانٍ وتكسّرت كؤوس وصحون؛ وحين خرج كان يشرع أكبر سكين في البيت ويتجّه نحوهما مثل رجل مختل.

ألصقَتْ أم الأمين ظهرها بباب منار، تصيح: "اقتلني أولا"! أمسك بيدها، ألقى بها بعيدًا عن الباب. تجمّد أنور، وسمع أمين صرخة أبيه الذي وصل باب الغرفة أخيرًا ورأى زوجته ملقاة على الأرض: "ما الذي تفعله أيها الكلب"؟!

أما في الدّاخل، فكانت منار قد قفزتْ من سريرها وتكوّمت في الزّاوية مثل رأس مقطوعة.

ضرب أمين الباب بقدمه مرّة مرتين، وقبل أن يضربه الضربة الثالثة الكفيلة بتحطيمه، صاحت أم الأمين:" أتريد أن تقتلها وأنتَ السبب في كلِّ ما حصلَ لها"؟!

153

تجمَّدت يد أمين في الهواء، وبدا وكأن قدمه أصيبت بشلل مؤقت.
استدار.

"ما الذي يحدث هنا"؟ سأل أبو الأمين: "ما الذي يحدث في بيتي وأنا لا أعرف به، ما الذي حدث"؟! وحاول أن يسير نحوهم، إلا أن قدميه لم تستجيبا له، فظلَّ ممسكًا بحلْق الباب.

وجد أمين القدرة في نفسه كي يخطو الخطوتين اللتين تفصلانه عن أمـه؛ جلس بجانبها لا يعرف ما الذي يمكن أن يقوله.

استجمعتْ أمّ الأمين شجاعتها وألمها، وهي تحدِّق مكسورةً في الأرض بعينين باكيتين: "أنتَ السبب في كلِّ ما حدث للمسكينة أختك"؟ وراحت تخبره بكل ما سمعته من منار، كيف أخذها يونس، كيف اعتـدى عليهـا، وكلَّ كلمة طلب منها أن تحملها إليه، هو، أمين.

"الكلـب"! صرخ أمـين: "سـأقتله"! وراح يـركض نحـو البـاب الخارجي، تجاوز العتبة، ودخل بيت تمام أكثر جنونًا مما غادره.

بحث في جيب بنطاله المُلقى على كرسي بجانب السّرير، أخرج هاتفه النّقال، وبيدين مرتجفتين، راح يبحث عن رقم يونس.

مرَّ كثير من الوقت قبل أن يجيب ذلك الصوت المغموس بالنعاس: "مَنْ"؟!

"أنا أمين أيها الكلب، سأقتلك"؟

"أمين"!! لم أكن أعرف أنك مغفَّل إلى هذا الحـدّ، هـل عرفـت بـالأمر الآن"؟ بهدوء قال يونس.

"سأقتلك"!

"اسمع أيها الغبي، هذا الرقم الذي طلبته، لم أتخـلَّ عنـه حتـى الآن إلّا لسبب واحد، هو الردُّ على مكالمتك هذه"!

"سأقتلك"!
"أعرف، لكنك لن تستطيع العثور عليَّ أبدًا. والآن انتهت المكالمة"؟"
قال يونس، وانقطع الاتصال.

11

أحمد، الرجل العجوز في مكتب التاكسي، قال: "كأن الأرض انشقّت وابتلعته"، وأضاف معذِّبا أمين دون قصد: "لا بـدَّ أنـك تـذكر يـوم زواجك! في ذلك اليوم جاء وسلَّم السّيارة، ومـن يومهـا لا أحـد يعـرف أراضيه. ولكن لماذا تسأل عنـه؟ هـل تريدونـه للعمـل علـى السـيارة مـن جديد"؟

"ألا تعرف بيته"؟

"وهل أعرف بيتكم، لأعرف بيته"؟!

✳✳✳

سأل في مكاتب أخرى، دار في المدينة باحثًا عنـه، النـاس يـشيرون إليـه بالتوقّف، ويلعنونه حين يبتعد، بعد أن يتأكّد لهم خلوّ السيارة من الرّكاب: "لا شك أنه يبحث عن فتاة جميلة يُقلُّها هذا الأزعر"! تلك كانت الخاطرة الوحيدة التي تجول في رؤوس أولئك المنتظرين، بلهفة، سيارةً تقلّهم.

تقاطع النهار مع الليل وافترقا، لكنه لم يكفّ عن البحث؛ لم يترك ملهى ليليًّا إلّا ودخله، ولا حانة إلا وتصفّح وجوه من فيها، طلب منـه أكثـر مـن رجل يتعتعه السُّكر أن يوصله لبيتـه، فمـضى مبتعـدًا كـما لـو أنّـه لـم يـسمع كلامه.

156

دار ثانية، تعِبَ، أوقف السيارة بجانب رصيف، ترجَّل منها، لفحه هواء آخر الليل، نظر إلى المدينة، رآها ساكنة، وادعة، والسيارات تمرّ مسرعة كأن هناك من يطاردها.

حين وصل شارعهم الضيّق مضى مباشرة إلى بيت نبيلة، في الدّاخل كانت هناك تنتظره؛ بهدوء، انسلَّ إلى فراشه ونـام، أطفـأت نبيلـة الـضوء، ونامت بجانبه، محاذرة أن يلمس جسدها جسده.

*؞؞

في العاشرة صباحًا فتحَ عينيه، ابنته سلام تتقافز في الحوش سعيدة، ألقى عليها تلك النظرة التي لم يعرف معناها، أراد النهـوض، أحسّ بـشيء مـا يزعجه تحت خصره الأيمن، امتدتْ يده، اصطدمتْ بالسِّكين؛ أخرجهـا، دون أن يكفَّ عن النظر لابنته. تأمل السِّكين، ووضعها جانبًا على الطاولـة المحاذية للسَّرير.

دخلت نبيلة، ألقتْ تحيّة الصباح وهي تحدّق في الأرض، متوقِّعة أنه لن يجيب عليها، وهذا ما كان؛ أنزل قدميه على الأرض، احتضن رأسه، أحسَّ بصداع يطحن جمجمته، مضى نحو الحمَّام، متجاوزًا ابنتـه التـي واصلـت تقافزها؛ نظر إليها، أبصرته جَرَتْ نحوه، لكنه تصرّف كما لو أنه لم يراها. وقفتْ الصغيرة في مكانها غير قادرة على أن تعود لمرحها، سقطتْ ابتسامتها من شفتيها، وحلَّقت طويلًا قبل أن ترتطم بالأرض بشدَّة!

*؞؞

في العاشرة والرُّبع من ذلك الصباح، أرسل نبيلة لإحضار أمّه.

جاءت؛ الرعب يقطر من عينيها اللتين فارقها النّوم منـذ معرفتهـا بـما حدث لمنار.

157

رأته في الدّاخل محتضنا رأسه بين يديه مثل حجر ثقيل يهمُّ برفعه إلى السّطح، اطمأنت.

سمع خطواتها، رفع رأسه، داهم الخوف أمّه ثانية؛ عاد لاحتضان رأسه من جديد، فأدركت أنه بات مثلها غارقًا في البحث عن حلٍّ.

أخبرته أمّه، ونبيلة مُشرعة عينيها، تستمع برعب، كأنها تسمع القصة لأول مرة، بكل ما فعلتاه للخروج من "هذه المصيبة"، أخبرته بالمبلغ الذي طلبه الطبيب، وبالمبلغ الذي جمعتاه.

هز رأسه، وقال: "أريد أن أراها"!

عاد الرعب يسيطر على أمه من جديد، وتبادلت نبيلة معها النّظرات.

التفتَ إلى زوجته، أحس بذلك الفرق الكبير بينها وبين تمّام، تمّام التي ظلَّ صوتها يتردّد في أذنيه طوال يوم أمس خلال بحثه العبثيّ عن يـونس، قال: "أخطأتُ بحقكِ يا نبيلة، سامحيني"!

هزت نبيلة رأسها، وبدأت تبكي بصمت.

***

أبو الأمين وابنه أنور، جلسا ينتظران حـدوث أيّ شيء، ورغـم ذلك الضّعف الذي كان يعصف بالأب ويمزِّقه، استجمع كل ما فيه مـن قـوّة، فوق ذلك الكرسي المتحرّك، ليوقف أمين عند حده، إذا ما هـمّ بالنَّيـل مـن منار.

عبر أمين الباب، ألقى التحيّة على والده، لم يجبه، مضى نحو غرفة منار.

"إلى أين"؟ صاح أبو الأمين.

"اطمئن، لن يحدث شيء"! قالت أم الأمين تطمئنه.

طرق باب غرفتها، انحشرت منار في الزاوية أكثر.

"افتحي الباب"، طلبت منها أمّها: "افتحيه، أمين يريد أن يراك، لا تخافي"!

ترددت منار، نهضت، سارت بسرعة نحو الباب، متمنية أن يغرس السكين في قلبها ويريحها من عذابها.

أمامه وقفت ذابلة، مُتعبة، على وشك السّقوط: "اقتلني من أجل الله، اقتلني"!

***

كان المفاجأة الثانية التي أشرعوا أعينهم ينتظرونها، هي أن تخطو خطوتها الأولى، وفعلتها. خطتْ تلك الخطوة، تأرجحتْ قليلًا، وبدا أن إحدى رجليها على وشك أن تخون الأخرى، مالت كشُجيرة سرو تؤرجحها ريح خفيفة، شجيرة غضّة لا تعرف إن كان عليها أن تسند رأسها أم تسند رجليها لكي تتلافى السّقوط.

بصعوبة عثرتْ على نقطة توازنها.

عند ذلك وجدوا أنفسهم يهلّلون لها بفرح، ويشجّعونها، كما لو أنها لاعب كرة في فريقهم الوطني، على وشك تحقيق هدف، لصالح البلد، في مباراة ختامية من مباريات كأس العالم!

سُرّتْ منار بتلك الابتسامات الواسعة والأسنان البيضاء التي تخرج من بينها كل تلك الكلمات التي، لا بدّ أن تعني شيئًا ما!

وفي اللحظة التالية، حين رفعتْ قدمها، بدأتْ قلوبهم تخفق، وكلّ واحد منهم يدعوها للتقدُّم نحوه. سارت ثلاث خطوات مرتبكات وألقتْ بنفسها بين يدَي أخيها أمين.

أسند أبو الأمين ظهره إلى الحائط، ونظر إلى ابنه الذي كان قد تجاوز الثانية عشرة من عمره وقال له: "عليك أن تتذكّر جيدًا في المستقبل، أن

159

هذه الصغيرة اختارتك لتكون سندها، وأنا فرح بهذا، لأنني لن أعيش لها العمر كلّه، تذكر هذا الأمر جيّدًا، وإياك أن تكون أقلّ من هذا" .

✳✳✳

امتدّت يدا أمين نحوها، احتضنها، ثم وضع يده على كتفها، وسار معها للداخل، وأغلق الباب خلْفها.

بعد ساعتين خرج من غرفة منار، كلهم كانوا هناك ينتظرون، أمسك بيد أمّه وسار بها إلى زاوية بعيدة، وشوشها: "سأحضر بقية المبلغ"! خرج.

سمعوا صوت محرّك السّوبارو يجأر، والسيارة تبتعد.

160

12

صعدوا، أربعتهم، درجات عيادة الطبيب الكائنة في ذلك المبنى الواقع أمام ميدان كبير، في الموعد الأمثل الذي حدده لهم، بعد اتصال هاتفي معه. المكاتب مغلقة: استراحة الظهيرة؛ العيادة خالية من المراجعين، السكرتيرة غير موجودة.

لكنهم ما إن عبروا عتبة العيادة ورآهم أربعةً، حتى قال لهم بقسوة، "العيادة مُغلقة الآن، إذا سمحتم، حدِّدوا موعدًا قبل أن تأتوا في المرّة القادمة"، وخلع رداءه الأبيض، وبدأ بارتداء سترته.

ارتبكت أم الأمين، نبيلة، ولم يستطع أمين فتح فمه ليقول شيئًا وهو يرى الطبيب يتّجه إليهم في طريقه للخروج، أما منار فقد اختبأت خلف نبيلة كطفلة تخشى أن تُصفع"!

"أُخرجوا"، قالت أمّ الأمين لمن معها.

خرجوا،

تأكَّدتْ من ابتعادهم، قالت للدكتور: "ما الذي حدث، ألم نحدِّد موعدًا معك؟ ألم تطلب منا أن نأتي في هذا الوقت تمامًا؟ ثم إننا أحضرنا المبلغ الذي تريده"!

"آسف، لا أستطيع أن أفعل الآن أيّ شيء، لقد كنت مستعدًا للتخلّي عن أتعابي من أجل تلك المسكينة، بعد أن فهمتُ ما يتهدّدها، أما الآن فلا أستطيع فِعلَ شيء"!

"أرجوك يا دكتور"!

"يا أختي، الوضع أصبح أصعب، ثم مَن هذا الذي جاء معكم"؟!

"إنه أخوها"؟

"أخوها؟!لا ينقصني سوى أن تأتوا بكل سكان العاصمة كي يشهدوا على ما سأقوم به"! وصمت قليلًا قبل أن يضيف: "يا أختي أنا لا أستطيع أن أجري عملية خطرة كهذه وحولي كلّ هؤلاء الشهود، عن إذنك"! سار نحو باب العيادة، التفتَ إليها وقال: "اسمحي لي، أنا مضطرٌ الآن لإقفال العيادة".

في ذلك الممرّ الطويل، راحت أم الأمين تجرّ قدميها بصعوبة، مرَّ الطبيب بجانب منار، نبيلة، وأمين، دون أن يلتفتَ إليهم.

هبط الدّرجات مبتعدًا.

صوت خطوات الطبيب ترنّ في آذانهم دون توقّف، الممرّ يزداد وحشة؛ وفجأة، صاح أمين في وجه منار كما لو أنه ذلك الشخص الذي كان مُشرعًا السكين يوم أمس: "أكان لا بدّ لك من أن تصعدي في سيارته أيتها ..."؟!

ولكنه ابتلع الكلمة الأخيرة، وخرج تاركًا ثلاثتهنّ مسمّراتٍ جذوعًا يابسة في ذلك الممرّ. وقبل أن ينحدر نازلًا الدّرجات صاح: "أمامكنَّ ثلاثة أيام لإيجاد حلٍّ، وإلّا ..."! دون أن يعرف أنه كان يمهِّد لإشعال عود الثقاب الثاني، وهو يلقي بهذا العبء على أكتافهنّ.

13

تلك الليلة، أوقف أمين السّوبارو أمام بيـت تمـام، تلفّـت صـوب بيت نبيلة، كان كلَّ شيء هادئًا كالموت، طَرَقَ الباب، مرّة، مرتين، قبل أن تفتح له تمام، كانت تتوقّع في تلك اللحظـة الغامـضة كل شيء، أن يـضربها، أن يُطلِّقها، أن يقتُلها حتى؛ لكنه لم يفعل شيئًا من ذلك، تركها خلْفه مـشلولة، وتوجّه نحو غرفتها. بعد قليل تبعتْهُ، وقفـتْ حائرة، لا تعـرف مـا الـذي عليها أن تفعله.

أبقاها في مكانها واقفة، دون أن يقول شيئًا.

بدَّلَ ملابسه واندس في السّرير.

سحبتْ تمام فرشَة اسفنجية، غطاء ووسادة من الجانب الآخـر للغرفة، وضعتْها على الأرض قرب السّرير، أطفأت الضوء، وحاولت أن تنام.

***

حين مرت منار، أمّها، ونبيلة، مـن أمـام بـاب تمـام، في ذلـك الـصباح، ورأين السّوبارو، أحسسنَ برعب غامض يشقُّ قلوبهن طعنات متتالية. لقد ألقى بذلك العبء الثقيل عليهن، وتركهن فريسات لنهايـة مفتوحـة عـلى كلِّ الاحتمالات.

في تلك اللحظة، استيقظ أمين، أشرع عينيه، كما لو أنّه أفاق على وقع خطوهنَّ.

اعتدل في السَّرير، وحين همَّ بأن يضع قدميه على الأرض، فوجئ بتمام نائمة هناك. قبل أن يطلب منها النّهوض، فتحتْ عينيها، واستيقظت مذعورةً، وحين رأته يحدّق فيها، ارتدّتْ قليلا للوراء، أسندت ظهرها للحائط، ثم وبحركة واحدة لملمتْ فِراشَها عن الأرض وأبعدتْه عن طريقه.

❋❋❋

بيت القابلة كان في الحارة المجاورة، سرنَ إليه، وهنَّ يتلفتنَ حولهنَّ، مخافة أن يُبصرهن أحد؛ وقد نجحن في الوصول إلى هناك دون أن يلاحظهن أيّ من سكان حارتهنَّ.

أم الأمين، كانت تعرف أنها وحيدة أمام باب نجاة قد لا يُفتح أمامها بعد هذه المرّة، تمتمتْ، رفعت الدعواتِ إلى الله واستجارتْ بأنبياء الله كلهم، محمد وعيسى وموسى وإبراهيم ويونس ونوح وإسحاق وصالح و...

خائفاتٍ وقفنَ ثلاثتهنَّ أمام الباب، منار أكثرهن استسلامًا لقدرها الغريب الذي أطلَّ فجأة وحرمها من حياتها في أن تكون بنتًا مثل كل البنات، تكمل حكاية حبِّها بزواج، تُنجب، تُربي وتموت بين أبنائها، أو لا تموت بينهم، لا يهمّ، فقد كانت تُدرك أن أولاد هذا الزمان غير أولاد الزمن الماضي، لكن ذلك لم يكن يهمُّها.

طويلًا طرقتْ أمّ الأمين باب القابلة، قبل أن يُفتح ذلك الباب، ولعل طرْقَها الطويل هو ما أتى بكل أولئك النّسوة اللواتي تجمّعن يحدِّقن في بطن منار غير مصدِّقات أعينهن.

164

نفضت أمّ الأمين رأسها فتبعثرت النساء اللواتي تخيلـتْهنّ مـن حولهـا، لكن امرأة واحدة كانت هناك، من حارتهنَ، حاولـتْ أم الأمـين أن تـنفض رأسها لتُلقي بها بعيدًا، لكن تلك المرأة تقدَّمت، وسألتْهنّ: "خير إن شاء الله! هل أقول مبروك يا نبيلة"؟!

لكن عيني الجارة سقطتا على بطن منار، منار التي أخفتْ بطنها بيديها، فاضحة نفسَها أكثر. ارتدَّت الجارة للوراء خطوتين وهي تتمتم: "رحمتـك يا إلهي، اللهم نجّنا، اللهم نجّنا"! وابتعدت بخطوات سريعة كـما لـو أنهـا تهرب من وباء.

✻✻✻

تحسَّست القابلة بطن منـار، أبعدتْ مـا بـين فخـذيها، حـرَّكت يـدها، انكمشتْ كلُّ خليَّة في الجسد المستسلم، الجسد الذي كانـت الـرُّوح تجلس على حافته كـما لو أنها ستغادره في أيّ لحظة.

هزّت القابلة رأسها بأسـى: "مـستحيل، أنـا لا أسـتطيع فِعـل شيء لا يُرضي الله، كـما أن أيّ محاولة لإجهاضها ستقتُلها"!

"وسيقتلونها، أنتِ تعرفين، إن لم تجهض".

"أعرف، ولكنني لا أستطيع أن أقتُلَها بنفسي"!

"أرجوك"! قالت لها أم الأمين، وراحت تبكي.

"بل أنا التي أرجوك، لا تُدْخليني في مشكلة لن أستطيع الخروج منهـا؛ فكـما ترين، أنا لا أحتمل العيش خارج بيتي يومًا واحدًا، فما بالك إذا ما كان الأمر هو أن أعيش بقيّة عمري في السِّجن"؟!

✻✻✻

عُدْنَ للبيت من جديد.

حين بلغنَ أول الشّارع، كان اليأس يُغلق أعينهنّ، وبمجرَّد أن وصلنَ لمنتصفه، كـان الرعـبُ يُـشرع أعيـنهنَّ عـلى ذلـك المـشهد الرّهيـب: كـل الشبابيك كانت مُشرعة؛ مئات العيون تحدّق فيهن، تعرّيهن وتنشر سرّهن بقسوة لا تحتمل، والشرفات، بمن فيها، متربِّصة، كما لو أنها على وشك القفز.

نظرت منار إلى تلك الشبابيك والشرفات، رأتها أفواهًا ضخمة، دارت حول نفسها، وفي اللحظة التي أحسَّت فيها بأنها ستسقط مغشيا عليها، اندفعتْ صوب البيت تجري كمجنونة.

فجأة، صاحت النسوة خلف الشبابيك وفي الشرفات: "ارحمنا يـا رب، واستر عليها"!! كما لو أن الفضيحة لم تزل سرًّا.

14

قبل انتصاف النهار، تقدّم سالم من بعيد، عباءته السّوداء تتطاير خلْفه لفرط اندفاعه، عيناه ممتلئتان بالدّم، وفي يده راية سوداء، راية العار التي لا يتمنّى أحد أن يراها تخفق في أيّ مكان.

ظلَّ يسير هائمًا إلى أن وصل باب بيت أخيه أبو الأمين، دفع الباب بقدمه ودخل، كان الحزن مخيّمًا على البيت، والموت يملأ زواياه، تناول كرسيًّا، دون أن يلقي السَّلام، وخرج ثانية؛ اعتلى الكرسي، وثبَّت راية الموت هناك فوق مظلّة الباب.

في تلك اللحظة بالذات جلس الموت ينتظر بلهفة على عتبة غرفة منار.

استدار سالم محدِّقًا فيهم، وقد أغلق الباب بقامته:

"أرجو الله أن يكون هناك رجال في هذا البيت ليقوموا بها عليهم القيام به حماية لشرفهم، سأنتظر حتى المساء، وإذا لم تتحرّكوا فإنني أُعلمكم أن بيتي ممتلئ بأبناء عمّها الرجال"!

استدار سالم، تاركًا أخاه أبو الأمين نصف قتيل على كرسيّه، وفي تلك اللحظة، وجد سالم نفسه وجهًا لوجه مع أمين.

ألقى سالم نظرة احتقار على ابن أخيه؛ بصق على أرض، وابتعد؛ عباءته تتطاير كعاصفة من جراد، وخلفه راية سوداء أحالت تلك الظهيرة إلى ليل.

✳✳✳

راقبه أمين يبتعد، وبدل أن يدخل بيت أبيه راح يعدو نحو السّوبارو، أشرع بابها وانطلق كالمجنون.

الليل الطويل

1

امتدّت يد منار إلى حقيبتها السّوداء الصغيرة، أخرجتْ ورقة، وناولتها لذلك الرجل السبعيني - كفيلها، الذي أمضتْ عشرة أيام في حمايته.

"ما هذا"؟ سألها الرجل.

"رسالة لأهلي، أنـت تعـرف أنني لـن أسـتطيع وداعهـم، أرجـوك أن تُسلِّمهم إياها".

أمسك الرجل بالرّسالة، نظر إليها طويلًا، ثم وضعها في جيبه.

"اطمئني، سأوصلها إليهم بنفسي". وفي اللحظـة التي تحرَّكت فيها السيارة، من أمام الباب، أقبل موكب عُرس من نهايـة الشارع؛ السّائقون يطلقون أبواق سياراتهم بتلك النّغمة التي باتت معروفة للجميع، في حـين أخرج أحد أقارب العريس جسمه من الفتحـة العلويَّـة للسـيارة الأولى في الموكب، يصور فيلمًا يؤرخ فيه تلك اللحظة الخاصة.

التفتَ عبد الرؤوف لمنار وابتسم: "عقبالك"!

نظرت منار إليه وحاولت أن تبتسم، لكنها لم تستطع.

لم تكن منار جميلة يومًا، كما كانت في ذلك اليوم، فقد أصرَّت ابنة الكفيل علـى أن تأخـذها إلى الـصالون، إذ: "لا يمكـن أن تـسافر إلى دُبي وتركـب الطائرة دون أن تكون في أجمل مظهر"!

واصلت سيارات موكب العرس إطلاق أبواقها، وحين حـاذت سـيارة العروسين السيارة التي تستقلّها منار، انطلقـت عـدّة رصاصـات في الهـواء ابتهاجًا بالعرس، جعلتْها تلتصق بالمقعد الخلفي.

بين يديها اختفى رأسها.

2

محدِّقًا بباب غرفة منار جلس أبو الأمـين، أمَّ الأمـين في الـدّاخل تبكـي، ونبيلة لا تعرف ما الذي يمكن أن تفعله غير أن تشاركها البكاء.

رآها أبوها تدخل المطبخ، تخرج، السّكين في يـدها تلمـع، ورآهـا تُغلـق الباب خلْفها.

وجلس ينتظر.

عيناه جامدتان كحجرين بركانيين أسودين، أصابعه متصلِّبة حول يدَي كرسيّه كما لو أنه ميت منذ أيام.

خيطُ دم، فجأة، أطلَّ من تحت الباب، انزلق فـوق المصطبة الإسـمنتية، تعرَّج، هبط الدّرجة الأولى بهدوء أفعـى، هـبط الثانيـة، وتفرَّع في الحـوش محاصِرًا الكرسيّ المتحرّك من كلّ الجهات.

كان أبو الأمين يتوقَّع أن تصرخ وهـي تتلقَّى طعنتهـا القاتلـة، لكنها لم تصرخ.

صامتًا كلّ شيء كان، والنّظرة الميتة ذاتها تأكل عينيه.

***

أمسكت منار بالسّكين بين يديها، وجَّهت النَّصل إلى بطنها، رفعتْ يديها تهمُّ بطعن نفسها، إلا أن يديها تشنَّجتا.

173

حاولت مرّة أخرى، وأخرى لم تستطع.

سقطت السّكين إلى جانبها مُصدِرَةً دويًّا مميتًا.

انتفض أبو الأمين في الخارج. أحسَّ بما يحدث، لكنه، لم يتحرّك.

حدَّق في الأرض، كان الدّم قد اختفى من حوله.

انتظر.

❈❈❈

من بعيد أبصر أنور الرّاية السوداء ترفرف فـوق بـاب بيتهم، تسمَّر في مكانه، استدار، يريد أن يبتعـد، خذلتْـه قدماه، نظر حولـه، أطلَّـت تلـك الظلال، على الجانب الآخر للشارع، تملأ الشبابيك والشرفات.

❈❈❈

منار قالت له: "صحيح أنك كبير بحيث أصبح من الصّعب علَيَّ، أن أدعوك ابني، لكنك ستكون ابني، سأعلِّمك، وأحميك مـنهم، لقـد حـاولوا معي كثيرًا، لكي أترك المدرسة، ورفضتُ حين كنت في عمرك، صحيح أن أبي ساعدني، لكني رفضتُ أيضًا. اسمعني، حتى لو رأيتنا نموت، لا تتـرك المدرسة؛ وأنا أعدك، كلّ شيء سيتغير بعد أقلّ من عام؛ سأتخرَّج، وأعمـل، ولن أتركك تحتاج شيئًا، سأعلِّمك، وستصبح ما تريـد". وراحت تتأمل وجهه البريء كوجه فتى في العاشرة: "لم تقل لي، ماذا تريد أن تصبح"؟

زمَّ عينيه الصغيرتين: "لا أعرف"!

"ستحدِّد الذي تريده قريبًا؛ لم تزل أمامك سنتان حتـى تنهي الثانويـة العامة، وخلالهما، تأكَّـد أنـك ستعرف نفسك أكثـر، وستحدِّد طريقـك بنفسك".

❈❈❈

174

استدار أنور، وراح يركض نحو البيت، أشرع الباب بقـوة، بحـث عـن سكين في المطبخ، لم يجد، خرج يركض نحو بيت نبيلة، دخل المطبخ هائجًا، تناول سكينًا كبيرة وخرج يركض.

العيون تطلُّ من الشبابيك والشرفات تلاحقه؛ يعدو، ولكن المسافة بـين البيتين اللذين لا يفصلهما سوى جدار غدت بلا نهاية.

دفع باب بيتهم ثانية، راكضًا نحـو بـاب غرفـة منـار؛ سـمعتْ خطـاه، حاولتْ أن تطعن نفسها من جديد، وكانت ستستطيع هـذه المـرّة، هـذا مـا أحسّته. خرجتْ أمه ونبيلة تصرخان، في الوقت الذي جلس أبو الأمـين في قعر صمته الميت.

ألصق أنور ظهره بالباب، وصاح كـوحش: "سـأقتلُ كـلَّ مـن يحـاول الاقتراب منها"!

3

هبَّت الريح، ازداد خفقان الرّاية، إلى ذلك الحدّ الذي جعـل مَـن لم يرهـا يسمعها ويراها؛ لكن آخر شيء كان يفكِّر فيه أنور، هو أن يغادر مكانه أمام غرفة منار، حتى لو كان هدفه تمزيقَ حلْكةِ سوادِ تلك الرّاية.

كلّ من في البيت أحسّوها تخفق في داخلهم، وكلّما كانـت الـرّيح تـشتدّ أكثر، كان دويّ خفقانها يُغطي على كلّ صوت في ذلك الشارع.

❊❊❊

في الخامسة من بعد الظهر، توقَّفت السّوبارو أمام بيت تمام، دخـل أمـين البيت، كان قد أخذ معه كلَّ النقود التي ادّخرتْها أمه ونبيلة لإجـراء عمليـة الإجهاض، وفوقها النقود التي جمعها بنفسه.

بصعوبة استطاع العثور على ذلك المسدس، لكنه حتى تلـك اللحظة لم يكن على عِلْمٍ بطريقة استعماله.

أخرج الطَّلقات، بدأ يحشرها في مخزن الذَّخيرة، ولم تكن تمام بحاجـة إلى أكثر من هـذا حتى تفقدَ عقلها؛ تماسكتْ في اللحظة الأخيـرة، بهـدوء خرجتْ، أثناء انهماكه بتذخير المسدس، ركضتْ خـارج البيت، وبيـدين مرتجفتين أخرجت هاتفها النقال من جيب سترتها، نظرت نحو بـاب بيتها بخوف، وطلبت الشُّرطة.

176

عادتْ، وجدت أمين يعمل بالمسدس بعينيه الـدّاميتين ويده المرتجفـة، راحت تبتهل إلى الله أن تصل الشّرطة قبل أن يخرج من البيت. رفع المسدس وصوّبه نحو تمام، وقبل أن يُدرك ما حصل، انطلقتْ رصاصة.

هبّت أمّ تمام تركض محاولة الوصـول إلى بـاب غرفـة ابنتهـا، في الوقت الذي وقف فيه أمين مشلولًا تحت وقع ذلك الـدّويّ الهائـل، أمّـا تمـام فقـد سقطتْ على الأرض كحجر.

بوصول أمّ تمام، ورؤيتها ابنتها ملقاة على الأرض، اندفعتْ نحو ابنتها تحتضنها وتصرخ، في حين وقف أمـين ينظـر إلى المسـدّس غير مُـدرك مـا حدث.

تجمّد الزّمن في ذلك الدّاخل المتضمِّخ برائحة الموت والبارود. هـزّت أمّ تمام ابنتها، وهزّتها ثانية، وثالثة، وهي تصرخ.

فتحتْ تمام عينيها، وسألت: "هل مُتُّ"؟!

وسـمعتْها أمها، سـمعتْها كـما لو أنها اسـتردّت كامـل قـدرتها علـى السّمْع: "لا، لم تموتي، لا، يا حبيبتي، لم تموتي"! أجابت وهي لا تكفّ عـن تفقّد جسد ابنتها.

"انهضي"، قالت لها أمّها. نهضتْ، حدّقت تمـام في وجـه أمين الـذي تجمّدت كلّ عضلة فيـه؛ استدارت لتخرج، وفي تلـك اللحظـة أبصرت الرّصاصة وقد استقرت في الجدار.

رفع أمين يده، حدّق في المسدس من جديد، وعند ذلك تذكَّر ما عليه أن يفعله، فاندفع خارج البيت مُشهِرًا سلاحه.

تبعثر الناس وهم يرون المسدَّس في يده، غير قادرين على فعل شيء غـير الهرب! وأتاه صوت الرّاية السوداء يدعوه، ويدعو كل ذلك الموت الرابض في جوف سلاحه.

وصل باب البيت، خفقتْ الرّاية أكثر، تـستحثّه، فـوجئ أمـين بوقـوف أخيه أنور أمام باب غرفة منار وبيده سكين. حسِب أن أخاه سـبقه وقتلها. خرجت ابنته سلام من باب غرفة جدّتها وجدُّها تعدو نحوه، دفعهـا بيـده، وقعتْ، صاحت البنتُ.

ماتت اندفاعة أمين أمام عيني أنور المتوقدتين كالجمر، وما كـان يمكـن أن يفهم ما يدور، لولا أن أنور صاح في وجهه: "سـأقتل كـلَّ مـن يحـاول الاقتراب منها"!

وما إن أنهى تهديده، حتى كانت أصوات أبواق سيارات الشّـرطة تمـلأ الفضاء، بحيث تلاشى، تمامًا، صوت خفقان الرّاية السوداء.

تقدَّم أمين عدة خطوات: "عليـك أن تقتلني قبـل الوصـول إليهـا"! صرخ أنور.

صوَّب أمين مسدسه نحو صدر أخيه، وحدّق في وجهه بصمت مرعب، لكن أصوات أبواق سيارات الشرطة كانت تتعالى أكثر فأكثر.

في تلك اللحظة، وجّه أمين مسدسه للباب الخارجي، لكـن أمّـه راحت ترجوه أن يهرب.

تراجع قليلًا، ثم راح يركض باتجاه المطبخ، قفـز فـوق ذلـك البرميـل الموجود أمام بابه، ومنه اعتلى السّطح واختفى في الجهة الأخرى.

في تلك اللحظة، كان أحد ضباط الشرطة يعبر البـاب مُشهرًا مسـدسه وهو يصيح بأنور: "القِ السّكين أرضًا"! وأنور يصيح، كما لو أنه لم يـدرك

بعد أن من حضروا هم من الشّرطة: "سأقتل كـل مـن يحـاول الاقـتراب منها"!

عند ذلك أعاد الضّابط المسدس لجرابه، وأشار لمن خلْفه أن يفعلوا الأمر نفسه، ففعلوا. حدّق الضابط في عيني أنور مباشرة وبـصوت هـادئ قـال: "نحن هنا لحمايتها".

4

أمام تلك الطَّاولة التي كُدِّسْت فوقها عشرات المِلفَّات، جلسْت منار، رأسها يوشك أن يلامس قدميها، إحساس طاغٍ بالمذلةِ يُطبق عليها.

لم يعد باستطاعة الهواء معرفة الطريق إلى رئتيها.

أنكرت أن أمين كان يريد قتْلها، ولم تجرؤ تمام على الشَّهادة ضده. صمتتْ الأُمّ، واكتفى الأبُ بهزِّ رأسه نافيًا، وأعاد أنور جملته تلك: "سأقتل كل من يحاول الاقتراب منها"!

وحين سأله المحقِّق: "ومن هو الذي يحاول فِعْلَ ذلك"؟ أجاب: "أيًّا كان"!

أمّا أمين، الذي وصل متأخرًا عن الجميع، بعد أن هدّدهم الضابط بأنه سيعتبره فارًّا من وجه العدالة، فقال: "إنه، ومنذ أن علم بما حدث، حاول مساعدتها، وإن آخر شيء يفكِّر فيه هو قتْلها"! وحين وصلوا للرّاية السوداء تلعثموا جميعًا، وتعاملوا مع الأمر وكأنهم استيقظوا ذات يوم، فوجدوها هناك.

لكن الضَّابط كان يعرف الكثير عن هذه القضايا؛ يعرف أن محاولة الحصول على بعض الإجابات مضيعة للوقت والأعصاب، ليس إلّا.

❊❊❊

بمجرّد الانتهاء من سماع إفاداتهم، بدأ العمل على القضية الأساس: حالة الاغتصاب، ومعرفة الجاني، وكيف تمّت، وتفاصيلها الدّقيقة.

وحيدة جلست منار تروي كلّ ما حدث لها في تلك الليلة السّوداء؛ لم يتركوها تُهمِل صغيرة أو كبيرة إلّا وسألوها عنها، بحيث تجاوز وقت سماع أقوالها وقتَ اغتصابها عشر مرات على الأقل.

بعد انتهاء التحقيق، طلب أبو الأمين عودةَ ابنته معه إلى البيت.

قال له الضابط: "ستبقى البنت تحت حمايتنا إلى أن نتأكّد من أن مكروها لن يصيبها".

حاول أبو الأمين أن يحتجّ، فقال له الضابط وهو يحدّق في كرسيه المتحرك: "وهل باستطاعتك التّوقيع على تعهُّد بالمسؤولية عمّا يمكن أن يحدث لها"؟

صمت أبو الأمين.

"أنتم الآن، مع السلامة"! قالها بطريقة آمِرة، وأشار إلى أحد رجال الشرطة أن يأخذ منار إلى خارج الغرفة.

"ستبيتين الليلة هنا، وغدًا صباحًا ننقلك إلى مركز الإصلاح"! قال لها الشرطي وهو يبتعد بها.

❇❇❇

في الغرفة الصّغيرة جلستْ تنتظر، الغرفة الأشبه بزنزانة، الغرفة الخانقة التي تنبعثُ منها روائح كلِّ مَن أمضوا جزءًا من حياتهم التّعسة فيها.

روائح سكّيرين ونصّابين ومومسات، روائح شباب وعجائز، روائح قيء وعطور وعرق، روائح نفاذة وأخرى باردة وروائح لا روائح لها.

جلست منار وحيدةً، حنجرتها تتشقّق عطشًا، وجسدها ينزُّ آخر ما فيه من حياة.

181

حين وصلتْ العائلة للبيت، كان عمّها سالم قد وضع راية سوداء جديدة غير تلك التي أخذتها الشّرطة؛ ووقف بالباب ينتظرهم وهو على وشك الانفجار.

أطلّت العيون ثانية من خلف السَّتائر، ومن جوف عتمة الشبابيك، ومن شحوب الشرفات، باحثة عن منار بينهم، لم تجدها، فتوارتْ وكأن البطلـة اختفتْ فجأةً من ذلك الفيلم الذي كانوا يتابعونه.

"هذه الرّاية لن ينتزعها من مكانها غير ذلك الـذي سـينتزعُ روح تلـك السّاقطة التي لوثت شرف العائلة، ونشرت سيرتنا الشائنة على كلِّ لسان"! زمجر عمّها.

لم يقل أبو الأمين شيئًا. أما أنور، فقد عبر البوابـة مُسرعًا؛ دخـل غرفـة منار، وأغلق الباب خلْفه.

"كان يمكن أن تضعوا لهذا العار حدًّا، لـو أنكـم تصرَّفتم كرجـال. ولكن، فلتعلموا أنني لن أشرب ماءكم أو آكل طعامكم أو أدعـوكم أهـلي قبل أن تغسلوا عاركم بأيديكم"!
واستدار، بعد أن ردَّ عباءته على جسده، وابتعد.

راحتْ الراية السوداء تخفق مـن جديـد، تخفـق بقـوّة، لم يستطع أحـد احتمالها، وعندما أغلقوا الأبواب في الليل، كان خفقانها يتصاعد مُدوِّيًا أكثر فأكثر، كما لو أنها أجنحة طائر خرافي على وشـك الانقـضاض عـلى البيـت وحمْله، والمضي به بعيدًا، بعيدًا إلى مملكة الموت.

5

في السابعة مساءً، فُتح باب الغرفة الصغيرة وأطلَّ منه شاويش؛ للحظة، بدا وكأنه فوجئ بوجودها في المكان: "ما الذي تفعلينه هنا"؟ سأل منار غاضبًا.

أوشكتْ أن تقول شيئًا، لكنه صرخ: "يا مرزوق، خذْها من هنا"!

دخل مرزوق، شرطي شاب قصير القامة، أشبه بعامل بوفيه، لا يُتقن سوى كلمة واحدة: (حاضر)! صاح بها: "ألم تسمعي ما قاله"!

بصعوبة مرَّت منار من أمامه. كان يُغلق نصف الباب بجسده، في حين كانت يده تقبض على أكرة الباب استعدادًا لإغلاقه بعد خروجها.

سبقَها مرزوق، دون أن يتوقّف عن تأنيبها بسبب بُطئها؛ وتبعته مُتقافزًا فوق الدّرجات غير عابئ بتلك العتمة المفاجئة التي ملأت ذلك الحيز الضّيِّق.

إلى أنفها وصلتْ روائح بول مختلطة مع كلّ تلك الروائح التي أطبقتْ عليها في تلك الغرفة.

كانت تسير متتبِّعة صوت المفاتيح المتأرجحة في يد مرزوق؛ وأمام تلك البوابة الأشبه بواجهة قفص، رأت تحت ذلك الضوء الشّاحب مجموعة من النساء.

183

بمجرد أن أشرع مرزوق الباب، وألقتْ منار نظرة قريبة على الموجودات في الزنزانة، أدركتْ أن الجحيم في انتظارها، تراجعتْ خطوتين، وبصعوبة وجدتْ صوتها، فقالت: "أنا لن أقبل الدّخول إلى هنا"! فدفعها مرزوق: "ولماذا؟ وهل أنتِ أشرف منهنّ"؟!

∗∗∗

بعبارات مدرَّبة معجونة بالسّخرية والابتذال، تمّ استقبالها، نساء بلهجات محلية وعربية مختلفة، وفتاة شقراء، ستعرف منار، فيما بعد، أنها من أوكرانيا.

بحثتْ منار عن زاوية تستند إليها، فأدركتْ أن العثور على تلك المساحة الضيّقة أمرٌ مستحيل.

امرأة في الخمسينات من عمرها، ترتدي ملابس أكثر احتشامًا من الأخريات، وتبدو أكثر ثقة وحضوراً، أشارت لمنار أن تأتي، تردّدت منار قليلًا، ثم توجَّهتْ إليها، أفسحتْ لها المرأة مجالًا للجلوس إلى جانبها، وقالت لها بصوت عال، متعمَّدة ذلك: "اطمئني، معي لن يصيبك مكروه، ولن تتجرأ أيّ واحدة منهن على المساس بكِ"!

نظرت منار إلى الأخريات، وجدتهنَّ صامتات، فأسندت ظهرها إلى الحائط بجانب تلك المرأة.

∗∗∗

عند العاشرة مساء، قالت لها المرأة الخمسينية "أنا وداد"! وقالت منار وهي تتطلّع حولها خائفة أن تسمع الأخريات اسمها، كما لو أنَّ اسمها فضيحتها: "أنا منار"!

"عاشت الأسامي" علَّقت وداد مُطْلِقَةً ضحكةً متقنة، وقالت: "اسمعنني جيدًا، منار في حمايتي، مفهوم"؟

184

ردَّدت مجموعة منهنَّ وهنَّ ينغَّمن الكلمة كطالبات تُلقي عليهنَّ المعلِّمة تحية الصباح: (مفهوم)! في الوقت الذي صرخت فيه واحدة شقراء في وجه سمراء من جنسية عربية أخرى: "ابعـدي عني، لا ينقصني سـوى أن أصاب بالإيـدز! أصـلًا، اللـواتي مثلـك يجـب أن يحرقـوهن فـورًا، لا أن يحشروهنَّ بيننا هنا"!

ابتعدت الفتاة السَّمراء، متطلِّعةً للحظة التي سـيرحِّلونها فيها صبيحة الغد إلى بلدها، وحين اقتربتْ من فتاة ترتـدي أقصر تنَّورة رأتها منار في حياتها، ركلتْها هذه بحـذائها العالي بعيـدًا، فتكوَّرت الفتـاة السـمراء في منتصف الزنزانة على نفسها ممسكة خاصرتها وهي تصيح ألمًا"!

***

لم يكن سرُّ منار خافيًا مـع ذلـك البطن الصغير المنتفخ، والانكسار والخوف الذي يطلّ من عينيها.

"في شهرك الثالث"؟! همستْ وداد في أذنها.

نظرت منار حولها وقالت: "في الرابع"!

"ما شاء الله! لا يبدو عليك ذلك"! ونهـضت وداد؛ أخرجتْ منديـلًا ورقيًّا من بين نهديها، غمرته بالماء، وعادت؛ جلست بجانب منار وبدأت تمسح لها وجهها.

في تلك اللحظة بدأت منار فصل بكاء طويل كما لو أنها تريد التخلُّص من كل ذلك الدمع الحبيس دفعةً واحدة.

ضمَّتها وداد إلى صدرها، وتركتها تبكي بكل ما فيها مـن قهـر، دون أن تتوقَّف وداد عن مسح ذلك الشَّعر المبتل براحتها الواسعة. إلى أن هدأت؛ عند ذلك رفعتْ وداد وجه منار، وحدّقت فيه طويلا، وقالت لهـا: "حـرام أن تكون طفلة مثلك هنا"! والتفتتْ إلى الأخريات وقالت لهـن: "أنظـرن

الجمالَ حين يكون ربّانيًّا"! وكما لو أنها بوغتتْ، قالت: "أنت تـشبهين الفتيات اليابانيات! إنها تشبه الفتيات اليابانيات، أليس كذلك؟!أنظرن"! ورفعتْ وجه منار تريهنَّ إياه، كما لو أنه هدية غير متوقّعة وصلتْ في وقت غير متوقع.

❊❊❊

سمعت النساء تلك الخطوات الهابطة درج القبـو، استيقظ الخـوف في بعضهنّ، علّقتْ وداد: "اهدأنَ. فـترة المـساء انقـضت، والآن بـدأت فـترة السَّهرة"!

❊❊❊

وقف الشّرطي بباب الزنزانة، ممسِكًا بملف، متأمِّلًا الوجوه كلّها: "أين الآنـسة (عتـاب)"؟! كانـت عتـاب شبـه نائمـة، لكزتهـا التـي بجانبها "انهضي"! "ماذا"؟ سألت عتاب وكأنها ضائعة.

"انهضي، مطلوبة فوق"!

نهضت عتاب، سارت نحو باب الزنزانة، أشرع الشرطي الباب، أقفلـه، سار أمامها. بعد نصف ساعة، عادتْ عتاب، في الوقت الـذي طلـب فيـه الشرطي من الأوكرانية أن تتبعه.

غابت ربع ساعة ثم أعادها.

وقبل أن يُقفل الباب سأل " والآنسة منار، أين"؟! تجمّـدت منـار في مكانها. همست لها وداد: "لا تخافي، إنهم يريدون سماع أقوالك"!

"أقوالي؟! لقد قلتُ كلَّ شيء"!

"أعرف يا حبيبتي، وكلّنا قلنا كل شيء، لكنّ الليل طويل والـساهرون هنا بحاجة لقصص مثيرة يسمعونها منّا مرّة بعد أخرى، انهضي، هيا"!

❊❊❊

أمام تلك الطاولة جلستْ، حولها ثلاثة من رجال الشرطة، أحدهم يمسك بيده قلمًا متحفِّزًا لبدء الكتابة!

"نريد أن نسمع منك كلَّ ما حدث معك، لا نريد أن تُغفلي أيَّ تفصيل صغير، كلُّ الأشياء التي ستقولينها لنا مهمّة، حتى تلك التي تعتقدين أنها ليست كذلك"!؟"!

س: "كيف تم استدراجك إلى المكان الذي تمّ فيه الاعتداء عليك"؟

بدأت منار تسردُ القصة من جديد وهي ترتجف، وكلّما أغفلتْ نقطةً، طلبوا منها أن تكون أكثر تحديدًا.

حين وصلت لتفاصيل لحظات الاغتصاب، توقّفتْ يدُ ذلك الشّرطيّ عن إدعاء الكتابة، وحملقتْ فيها العيون.

"أرجوكِ، أنتِ قفزتِ عن أشياء كثيرة، لنبدأ من لحظة إدخالك الغرفة وإغلاق الباب عليكِ"!

بدأت منار تبكي، فنهرها مسؤول التّحقيق! "البكاء لا يُوصلنا إلى شيء"!

"هل خلع ملابسه قبل أن يُعرِّيكِ، أم بعد ذلك؟ هل حاول وضع عضوه في أماكن أخرى؟ هل كانت تلك أول مرّة تمارسين فيها الجنس؟ هل صرختِ حين فضَّ بكارتك؟ هل نزفتِ كثيرًا؟ هل اكتفى بمرّة واحدة أم كرر ممارسة الجنس معكِ؟ لماذا بقيتِ صامتة؟ هل كان الخنجر في يده طوال الوقت حين كان يعتليك في السّرير"؟

عندما انتهتْ أسئلتهم، كانت منار على وشك السّقوط من فوق الكرسي؛ لكزها الشّرطيّ الذي أتى بها: "انهضي"، وطلب منه مسؤوله الذي راح يتصفّح الملفات: "أحضِر لنا أمل"!

بصعوبة وقفت منار، دفعها الشرطي أمامه، ترنّحتْ، أمسك بـذراعها: "لا نريـد مصائب، أنظـري أمامـك، لا أريـد أن تقعـي هنا وتنقـصف رقبتك"! وحـين أشرع بـاب الزنزانـة، دفعهـا برفـق: "الآن بإمكانـك أن تنامي"!

كانت بحاجة لعينين حتى تنام، في الوقـت الـذي كانـت فيـه تتحسّـس جدار الزنزانة، باحثة عن مكانها، مثل أيّ مخلوق ولِدَ بلا عينين.

❋❋❋

صعد الشّرطي الدّرجات، تتبعه أمل، وما إن بلـغ بـاب غرفـة التحقيـق الليلية تلك، حتى وجد نفسه وجهًا لوجه مع أحد الضباط، ارتبك، حـاول الشّرطيان خلْفه أن يشيرا إليه أن انتبه، لكن أمل كانت هناك، ولم يكـن مـن السّهل إخفاءها.

"ما الذي تفعله هذه البنت هنـا"؟! صـمتَ الـشرطي، وأجابـت أمـل مُدّعية البراءة: "أحضروني للتّحقيق معـي، مثلـما أحضروا الأخريـات"! التفتَ الـضابط للـشرطيين الجالـسين في مكتبه وصرخ: "إلى الخارج يـا كلاب، إلى الخارج"!

6

السّجانة الطويلة الجميلة إلى حدٍّ مبهر، طلبت أن تقف كل واحدة منهنَّ بجانب الأخرى؛ أَطعْنَ؛ تصفّحتْ وجوه اثنتي عـشرة امـرأة، ووجّهت صفعة قوية للآنسة عتاب، صفعة قوية لا تشبه تلك الصّفعات التي تلقّينها في تلك المسافة الممتدّة ما بين تلك الزنزانة الكريهة ومركز الإصلاح.

مسحت عتاب خيط الدم الذي تدفّق من طـرف فمهـا بـصمت، وهي تحدّق في الأرض.

كانت تعرف أن أيّ حركة أو قول يصدران عنها، سيجعلانها أمثولـة للأخريات.

دارتْ ذات العينين الواسعتين والفم المرسوم بإتقان حولهن عدّة مـرات، قبل أن تأمرهنَّ بخلع ثيابهن تمامًا.

بدأَنَ بتنفيـذ الأمـر دون مناقشة، رغـم لـسعة البـرد التـي كانـت تخـزُّ الأجساد، حتى مع وجود الملابس.

تردّدت منار، لكزتها وداد الواقفة بجانبها، لكي تُطيـع، لكنّها فوجئـت بصوتها يخرج من جوفها وهـي تقـول: "لـن أخلـع ملابـسي"! ولم تكـن السّجانة بحاجة لعذر أفضل مـن هـذا كـي تتقـدّم نحوهـا بهـدوء قاتـل، وتصفعها بكل قوتها: "ومن تكونين حضرتك؟! تريدين أن تقـولي إنـك

اغتُصبتِ وإنك بهذا مختلفة عنهن؟! لو كان لديك أدنى حسّ من الشَّرف لكنتِ متِّ قبل أن تسمحي له بذلك"!

"لن أخلع ملابسي"! وأتتها تلك الصفعة الأكثر قسوة على الجهة الثانية من وجهها.

وداد، بخبرتها، أدركت أن الوضع سيستمر إلى ما لانهاية، ولذا هزّت منار وبدأت بتعريتها؛ لكن السجانة صاحتْ بها: "هنا، يجب عليها أن تخلع ملابسها بنفسها"؟

⁂

عارية وقفت بجوار الأخريات، عيون السجّانات تحدّق فيهن، طلبتْ منهنّ أن يباعدن بين السّاقين، أن ينحنين حتى تلامس أيديهنَّ الأرض، أن يقرفصن ويقفن عدّة مرّات؛ وعندما تأكّدتْ من خلوّهنَّ من أيّ أداة أو كبسولات يمكن أن تحتوي على مهربات أو رسائل، طلبت منهنّ أن يسِرنَ في طابور، ويدخلنَ واحدة واحدة لاستلام ملابس السّجن، وتسليم ملابسهن وأشيائهن ويوقعن على ذلك.

⁂

بمجرد أن عبرت منار بوابة الزّنزانة، أحسَّت بيد وداد على كتفها الصغير، محاولة بثّ الطمأنينة في قلبها.

تأخر هبوط الليل، لكنّه غمر العالم بسواده أخيرًا.

أمسكت وداد بيد منار، وساقتها إلى سريرها، ارتبكت منار، نظرت حولها باحثة عن معنى لذلك كلّه، استدارت الوجوه باتجاه الجداران.

"ستنامين الليلة عندي"! همست لها وداد.

في تلك اللحظة أدركت منار ما يدور، تراجعتْ خطوتين، لكن وداد شدَّتها بقوة، وألقتْها على السرير.

أما أمل التي جاءت معهن، ففجأة، بدأت تبكي.

تفلَّتْ منار، قاومت، لكنها وجدت نفسها ملتصقة بالحائط غير قادرة على فِعل أيّ شيء، راحتْ تبكي بصوت مرتفع، في حين كانت يدا وداد تعملان بسرعة وتعرّيانها.

تصاعد أكثر من صوت: "نريد أن ننام"!

وقالت واحدة: "أتركيها فهي حامل"!

فردت وداد: "ستلد أخيرًا، ولكن أريد أن تعرفن منذ اليوم بأنها لي"!

وبكتْ أمل أكثر.

نهضتْ عتاب، ركضتْ نحو الباب، طرقتْه بعنف، لكن وداد واصلت عملها. بعد خمس دقائق سمعوا خطوات في الممر، صاحت عتاب وقد رأت السجانة: "أنقذيها"!

"أُنقذ مَنْ"؟ سألتها السّجانة باستغراب.

"منار، وداد تحاول معها"!

"... وهل كان صراخك لهذا السبب"؟!

ابتعدت السّجانة، فلم تعد هناك سوى تلك الأصوات الصّادرة عن منار، والتي لم تلبث أن تلاشت، فلم يبق هناك سوى ذلك الصرير الصّادر عن السرير.

***

بمجرد أن فتحتْ عينيها صباحًا، مضتْ وداد إلى عتاب، أمسكتها من شعرها، سحبتها، أسقطتها عن سريرها العلويّ، وأطبقت عليها تصفعها وتضربها بوحشية.

صرخت عتاب دون جدوى، وصاحت امرأة: "يا حبيباتي، نريد أن نكمل نومنا"!

أما منار فنهضت مكسورة، زائغة العينين، غادرت السّرير، سارت باتجاه باب الزنزانة، ووقفتْ أمام الطاقة الصغيرة، كانت على وشك أن تقول شيئًا، لكنها ابتلعته، حين فوجئت بالسجانة تتقدّم وتفتح الباب، وتـدفع بـامرأة عملاقة إلى داخل الزنزانة.

نظرت المرأة العملاقة إلى منار، ولم تكن بحاجة لأكثر من نظرة واحـدة كي تدرك أيّ براءة تقطر من ذلك الوجه الصغير، وأي هشاشة تسكن ذلك الجسد المرتبك بانتفاخه.

تراجعتْ منار خطوة للوراء. وبعد قليل أدركتْ أن نظرات تلـك المـرأة العملاقة، لم تكن موجّهة إليها، بل إلى عيني وداد.

أوشكت وداد أن تفتح فمها، لكن تلك المرأة حذَّرتها: "لا أريد أن أرى فمك يُفتح لأيّ سبب! وحين تقول شامة ذلك، عليك أن تقولي حاضر"!

هزّت وداد رأسها، وابتعدت.

امتدَّت يد شامة وسحبت منار، منار التي بدت كطفلـة تُنتـزع مـن بـين يدي أمّها.

تفلَّتتْ، لكن تلك المرأة قبضتْ على كتفها بقوة، بحيث شلَّتْ حركتهـا، وساقتها بعيدًا إلى ذلك السرير وألقتها عليه: "إيّاك أن تتحرّكي من هنا إن لم أطلُب منك ذلك"!

7

أوقف عصام سيارته (الهونداي) البيضاء أمام باب أبو الأمـين، نظـر إلى أبيه، وجَدَهُ يحدّق فيه بملامح عابسة وجبين مقطّب.

هزّ عصام رأسه يرجو والده، امتدَّت يد الأب وفتحتْ بـاب السـيارة، مطر خفيف يتساقط من السماء، والغيـوم تتجمّـع مُنـذرة بعاصـفة تسـتمر أيامًا، كما أفاد الرّاصد الجويّ.

طرَق عصام الباب، مرّة، مرّتين، ثلاثًا، دون جـدوى، وطرقـه للمـرّة الرّابعة؛ تراجع للخلف محاولًا أن يـرى شـيئًا يـدلُّ عـلى أن هنـاك أحـدًا في الدّاخل، فلم يرد غير الرّايـة السـوداء التـي كانـت تحجب البيـت، الرايـة السوداء التي ضاعف رذاذ المطر من حلكتها، الراية السـوداء التـي لم يكـن يرى فيها سوى واحدة من تلك الرايات السّود الكثيرة التي رُفعـت عـلى حوافّ الشّرفات، وأبواب البيوت وصناديق كثير مـن الشّـاحنات، حِـدادًا على شهداء غزّة. وحين همَّ بـأن يطرق البـاب للمـرّة الخامسة، فتحتْه أم الأمين ونظرتْ إليها بعينين ذابلتين، مُحاولةً أن تتذكّر أيـن سبق لهـا رؤيـة هذين الوجهين.

لم تتذكر.

أمّ الأمين كانت قد اعتادت بابًا مقفلًا على الدّوام، منذ تلك اللحظة التي وصلتْ فيها الشرطة للبيت وأخذت منار. ولم يكن هناك أحدٌ يفكّر بطَرْق بابهم، بعد ما حدث؛ إذ لم يكن باستطاعة أحد أن يدير حديثا مع أهل البيت لمّدة دقيقتين دون أن يتفجّر نبع الحزن. جارحًا كان الكلام كالصمت أيضًا، فاكتفى الناس بقولهم: "الله يعينهم على ما هُم فيه"!

الوحيدة التي بقيت تدخل البيت وتخرج منه هي نبيلة، أما الصغيرة سلام، فتلاشت ابتساماتها، كما لو أن رياح الحزن كنَسَتْ كلَّ ما في وجهها من براءة وفرح.

❉❉❉

أبو عصام أخبرها بأنهما قادمان لرؤية أبو الأمين، إن لم يكن هناك مانع، تركتْهم مكانهم ودخلت؛ هزَّ أبو الأمين رأسه: "لا أريـد أن أرى أحـدًا"! لكنها قرّرتْ غير ذلك: "سأدعوهم للدخول بينما ترتدي أنت ملابسك"! وخرجتْ، وهي تتوقّع أن يعيد جملته، لكنه لم يُعدها.

تـدرك أم الأمـين أن البـشر لا يطيقـون معايـشة الحـزن لـزمن طويـل؛ يحتملونه يومًا، يومين، شهرًا، شهرين، لكنها كانـت تتمنّى أن تُلقي بـه خارج بيتها، للأبد، في كلِّ لحظة. في حين كان أبو الأمين يرزح تحـت تلك الغمامة السّوداء التي تتنقّل معه في غرف البيت وتتبعه إلى الحمّام، وتسقط في كوب شايه وصحن طعامه؛ ولعله كان بحاجة، مثل أم الأمين، لشخص واحد يدخل البيت ويشعرهم بأنهم ليسوا وحيدين وبائسين إلى هذا الحدّ.

❉❉❉

ألقى عصام نظرة خجولة على أملٍ أن يرى منار، لكنه لم يرها.

كان يحيِّره، كيف أن الأرض انشقّتْ وابتلعتها، دار حول المدرسة أيامًا، وفي أواخر الليل، كان يمرّ في شارعها الضيق باحثًا عن بصيص نـور، عـن

194

مصادفة تنبعث من اليأس وتتجلّى لقاءً خاطفًا، لم يكن يريده أن يكون أطول من لحظات، مجرّد لحظات.

مرّات كثيرة باغتته أضواء سيارة عابرة، فأخفى وجهه، مخافة أن يكون أمين صاحب تلك السيارة.

كان البيت أشبه بإنسان يرقدُ في غرفة العناية المركَّزة؛ بيت يلفظ أنفاسه الأخيرة، ولم يكن وجود البشر فيه أكثر من تلويحةِ وداع حزينة لذلك الكائن الذي ينسحب ببطء نحو الفَناء.

أما شجرة التّين، فقد كان الكثير من أوراقها قد تساقط. تراكمت أوراقها المصفرة طبقات شاحبة، وانتشرتْ في الجو رائحتُها الرّطبة الخانقة.

***

صامتين جلسا، أبو عصام وولده، ولده الذي فقد نصف وزنه، وحين طال جلوسهما، أحسّا بأن أحدًا لن يأتي أبدًا للترحيب بهما.

كانت الغرفة ضيّقة والهواء ميتًا، ورائحتُها تنبئ أن الشمس لم تدخلْها من زمن طويل.

سمعا طرْقا على بوابة مجاورة، بوابة غرفة منار، سمعا أم الأمين تدعو ابنها أنور أن يخرج ليجلس قليلًا مع الضيوف إلى أن يرتدي أبوه ملابسه، وسمعا صوتًا أكثر وهنًا يقول: "دعوني وحدي، لا أريد أن أرى أحدًا"!

كان أبو عصام على وشك أن يقول لولده: "هيا بنا، أظنّ أننا انتظرنا أكثر مما يجب"! ولكنه سمع في تلك اللحظة صوت عجلات الكرسي المتحرّك.

اعتدل أبو عصام فوق كرسيّه، نظر إلى ولده، ثم نظر إلى الباب متوقّعًا وصول أبو الأمين.

"أيّ حياة لعينة هذه، حين يغدو الإنسان بحاجة إلى كلّ هذا الزمن لقطْع مسافة قصيرة بين بابين متجاورين"! همس وهو يدفع كرسيّه.

أخيرًا ظهر أبو الأمين، الذي لم يكن ذلك الشخص الذي رأياه قبل شهور قليلة.

حاول أن يرى وجهيهما، لكن العتمة التي كانت تفترش الدّاخل كلّه، مقارنة مع ذلك الضّوء الذي يغمر الحوش، أعمته تمامًا.

لحظات صعبة مرّت قبل أن يسترد بصره، وحين رآهما، ألقى السلام، فأجابا معا: "وعليك السّلام"!

الشيء الغريب، أن أبو الأمين أحسّ بأنه يستمع لكلمة سلام لأول مرّة في حياته؛ لم يكن يعرف إلى أي حدٍّ هو بحاجة إليها، إلّا حين سمعها.

فترة صمت طويلة مرّت، قلبُ أبو الأمين يتمـزّق، وروحه ترفّ على وشك المغادرة.

"نحن لم نيأس، ولذا عُدْنا آملين أن نسمع منكم كلامًا غير ذلك الذي سمعناه في المرّة الماضية"! قال أبو عصام.

هز أبو الأمين رأسه، ونظر حوله كما لو أنه يبحث عن شيء أضاعه، وقال: "تأخّرتم كثيرًا"!

"خير إن شاء الله"!

"يا ليته كان خيرًا"! ردّ أبو الأمين.

"ماذا حصل"؟

"ألم تريا الرّاية السوداء فوق الباب"؟!

برعب أجاب عصام: "رأيتها، أوليستْ حدادًا على شهداء غزّة"؟!

"يا ابني منار ماتت"!

"ماتت؟! كيف ماتت"؟!

"كما يموت الناس يا ابني، كما يموت الناس"!

دقائق طويلة مرّت قبل أن يستوعب أبو عصام وابنه ما حـدث، قبـل أن يجدا كلمات العزاء الفقيرة تلك: "البقية في حياتك"!

"وحياتك الباقية" ردّ أبو الأمين.

٭ ٭ ٭

في طريقهما للخارج، حدّق عصام في تلك الرّاية، فأحسّ بأنها أصبحت أكبر بكثير. مطر الحزن كان يرويها. وللحظة ودَّ لو يمدّ يـده ويقتلعهـا مـن مكانها ويلقي بها إلى آخر الأرض، لكنه لم يجرؤ، فقد كانـت تلـك الرايـة لا غير، راية موتها.

197

8

بعينيها الجميلتين المنهكتين، تابعت منار حركة شامة في ذلك النهار، شامة التي بدت كوحش طليق في قاعة مليئة بالأطفال! وعندما هدأت بعد ساعتين، عَلِمتْ منار أن شامة كانت تقضي عقوبة سجن انفراديّ، لأنها قامت بتهشيم رأس سجينة تطاولت عليها في السّاحة الخارجية.

٭٭٭

تذكَّرت منار تلك اللحظة التي راحت تتفلَّت فيها من يد شامة، تذكَّرت جيدًا ما قالته لها بحزم: "إياك أن تتحرّكي من هنا إن لم أطلب منك ذلك"! خافت منار، ولم يكن لها إلّا أن تخاف، وقد رأت بعينيها كيف استطاعت شامة السّيطرة على الأخريات، وأولهنَّ وداد، فكيف باستطاعتها هي أن تقول لامرأة مثلها: "لا"!

٭٭٭

بعد الغداء،

دارت وداد على السّجينات، توقَّفت أمام أمل؛ تلك البنت الحنطية التي لا يرى الإنسان مثلها إلا في المسلسلات. أمسكتْها من يدها، وانحنتْ عليها تُقبّل رأسها.

"لا تزعلي عليّ، أنا لا أطيق زعلك"!

198

بعد أيام عرفت منار مكانة أمل عند وداد، ومكانة وداد عند أمـل، أمـل التي كانت تحرص في كلّ مرّة على أن تُسجن مع وداد، وإن لم تسجن معهـا، كانت تفتعل المشكلة الملائمة لتلحق بهـا؛ في حيـن كانـت وداد قـادرة على القيام بكلٍّ ما يلزم، كي لا تُسجن أمل في أيّ زنزانة أخرى!

✳✳✳

بعد أقل من أسبوع، أدركت منـار سرَّ اللعبـة في ذلـك المكـان؛ وهكـذا تحوّلتْ إلى قطعة من ظلٍّ تتحرّك حيثما يتحرّك ظلُّ شامة.

عاد البريق لعينيها من جديد، وبدت أكثر قـوة بجانـب تلـك العملاقـة التي اعتادت أن تناديها كلما حدثتها: يا ابنتي!

199

9

لم يكن الخروج ممكنا للتمتّع بساعة شـمس، مـع كـل تلـك العواصـف الثلجيّة التي عبرت المنطقة، وخلَّفتْ وراءها ثلوجًا متراكمة وصقيعًا ليليًّا يمتدّ أثره إلى ما بعد ساعات الضّحى. وعندما كان أثر عاصفة ما، يتلاشى، كانت منار تحسّ بعاصفة أخرى تهبّ وتحطّ في صدرها.

في أيام الزيارة كان جنون عاصفتها يشتدّ، حين ترى السجينات يغـادرن واحدة بعد أخرى بعد سماع أسمائهنّ، منطلقـات بفـرح، وكـأنهن تحـررن للالتقاء بأهلهن القادمين لزيارتهنّ.

لا أحد،

حتى أنور الذي كانت تتوقّع أن يحضر لم يحضر.

ولم تكن شامة سوى صورة مُكبَّرة لمنار، لكنها لم تبدُ مهمومـة بمـن يـأتي ومن لا يأتي، فكلّ من في الخارج، كما قالت ذات يوم لمنار: "سواء، كلهـم سواء، تضحّي بعمركِ من أجلهم، ولكنّهم لا يأتون، ويتعاملون معكِ كـما لو أنكِ الدَّنس الوحيد في حياتهم الطّاهرة"!

كانت حكاية شامة، المرأة الفلاحة، التـي كانـت تـزرع وتحـصد وتـربي الأولاد، مختلفة تمامًا عن كلِّ الحكايات.

وصلتِ السجن أكثر هشاشة من منار، ويومًا بعد يوم كان قلبها يـزداد قسوة، وملامحها تزداد حدّة، إلى تلك الدّرجة التي أرعبت السجينات. لقد رأين الإنسان وهو يتحوّل أمامهن إلى وحش؛ وحتى قبل أن تمسك شامة بـرحاب تلك القوّادة الأكثر شهرة ونفوذًا في السّجن، وتُلقيها أرضًا، لأن رحاب تجرَّأت وتطاولت عليها، أدركتْ السجينات أيّ مصير ذلك الـذي ينتظرهنَّ لو أنهنّ حاولن مضايقتها.

جلستْ شامة فوق صدر رحاب، وكلما كانت تستغيث كانت توجِّه إليها صفعة أو لكْمة عمودية تسحق جزءًا من وجهها، وتهشم عـددًا مـن أسنانها.

حين سكنت حركات رحاب، وبدا أنها ماتـتْ، نهـضتْ شامة في تلك اللحظة الفاصلة بين الحياة والموت.

"اسمعنني جيدًا، تلك الليلة نمتُ أمًّا مثل أيّ أُمٍّ، وصـحوتُ في اليـوم التالي قاتلةً، ولم يعدْ لدي الآن شكٌّ في أنني قادرة علـى تكرار ذلك مـرّة أخرى"! قالت شامة وهي تحدّق بغضب مجنون في وجوه السجينات.

سعلت رحاب أخيرًا، متشبثة بتلك الكميّة الـضئيلة المتاحـة مـن الهـواء وقد خيّم الرّعب، في الوقت الذي مضت فيه شامة وسط صمت الجميع لإكمال جولتها تحت الشمس المطفأة.

✳✳✳

"مثلك تمامًا كنتُ حين دخلتُ السجن، بل أسوأ بكثير"! قالت شامة لمنار، "ولكن الفرق بيننا كبير، أنت دخلتِ والحياة في جوفك، وأنا دخلتُ بعد أن قتلتُ نَفْسًا".

كانت منار على وشك أن تسألها: "وما الذي حدث"؟ في تلك اللحظـة التي طلبت منها شامة ألا تسأل.

201

في كلّ مرّة وصلتا بالحديث إلى هذه النقطة الغامضة، كانت شامة تبدأ بالتحوّل إلى إنسان، لكنها حين تنتبه لذلك، تنفض رأسها وتقف وتبتعد، لتعود بعد قليل على هيئة وحش.

الشيء الوحيد الذي بدأ يقلق شامة، هو أن تخرج من السجن، وقد أخذت أيام محكوميَّتها بالتناقص، قبل أن تكون منار قد خرجت منه.

❋❋❋

ذات يوم تجرأت منار وسألتها"أنت تعرفين قصتي، فمتى ستخبرينني بقصَّتك"؟

ألقت عليها شامة نظرة شاردة، ثم قالت لها: "حينما أحملُ طفلكِ بين يدَي"!

202

11

لم تكن منار هي الوحيدة هناك،

كانت لُبْنى أيضًا.

لبنى التي كانت تكتفي، في البداية، بالتّحديق في بطن منار؛ لكـن يـدها تحرَّكت ذات مرّة وتحسَّسته برفق شديد، وفي مرّة أخرى وضعتْ أذنها عليـه لتسمع نبضات قلب الجنين، وعندما أصدرت إحـدى السـجينات صوتا، رفعت لبنى رأسها عـن بطـن منار، وأمـرت السـجينة: "هسسس"! وأعادت رأسها إلى هناك.

بعد وقت طويل نظرت إلى منار، ابتسمت، ثم راحت تبكي بصمت.

***

منتظرين اللحظة التالية، وقفوا كلّهم أمام الباب، أخوتها السّبعة، أبوها، ومسدس ثقيل في اليد المهتزّة لأخيها الأصغر.

أما لُبنى فقد كانت هناك، الحائط خلْفها وأمامها كتيبة الإعدام.

بصعوبة عثرت على صوتها: "إذا كانت حيـاتي لا تهمّكـم، خـافوا عـلى أنفسكم بعد أن تقتلوني، الحكومة لن تتركّكم"! وحدّقت في وجه أخيها: " وأنت سيضيع مستقبلك! كيف ستعيش بعـد أن تقتلني "؟ قالـت لـه باكية.

"كيف سأعيش إذا لم أقتلكِ"؟! أجابها. وقال الأخ الأكبر: "اطمئني، الحكومة تخاف علينا أكثر مما تخاف عليك، ولهذا أبقت ذلك القانون الذي يحمينا".

خمس رصاصات أطلقها شقيقها الأصغر عليها، بثبات لا يتلاءم مع صغر سنه وحجمه، وخرج ليُسلِّم نفسه للشرطة.

❈❈❈

كانت حكاية لبنى واحدة من أشهر حكايات السجن، لبنى التي فقدت عذريتها برغبتها، بعد أن وعدها صديقها بالزواج؛ لكنّه في اللحظة الأخيرة توارى عن الأنظار، وحين علم أهلها بما حدث، كفّوا عن الكلام فجأة، وبعد أقل من نصف ساعة، أمضوها صامتين في غرفة مجاورة، حدث ما حدث.

❈❈❈

حين وصلت الشرطة، اكتشفوا أنها لم تمت، لكن إحدى الطلقات عبرت بطنها ومزقت الجنين، نقلوها للمستشفى، وبعد تماثلها للشفاء تم وضعها تحت الحماية.

لم ينكر ذلك الشاب ما حصل عندما أُلقي القبض عليه، لكنه أكّد أن ذلك تمَّ برضاها، ولم يكن هنالك ما يدحض أقواله؛ حتى هي نفسها، اعترفت أن ذلك تمّ برضاها لأنه وعدها بالزواج. بعد فترة بسيطة أمضاها سجينًا عاد لحريته؛ أما أخوها فلم يلبث في السجن سوى ستة أشهر، لصغر سنه ودافعه لارتكاب الجريمة وتنازل الأهل عن حقهم، وتنازلها، على أمل أن يتناسوا ما حدث لها.

عندما وصلت منار إلى ذلك المهجع، كان قد مرَّ على وجود لبنى في السجن ثماني سنوات. حاولت أكثر من مرّة أن ترسل استرحامًا لكي

يسمحوا لها بالخروج ومغادرة البلد، لأنها متعلّمة وتستطيع الاعتماد على نفسها، إلا أن ذلك لم يحدث، فقد كانت حياتها مهددة؛ هكذا كان الرّد يجيئها دائمًا، فأشقاؤها كانوا لها هناك بالمرصاد، والجملة التي لم يتوقّف أبوها عن تكرارها: "حتى لو وضعتموها في زجاجة، وأغلقتم الزجاجة، ورميتموها في البحر، سنصل إليها ونقتلها"!

***

في عام سجنها الخامس فقدت لبنى الأمل، وتحوّلت إلى كائن آخر تمامًا، كائن ميت يأكل ويشرب ويمرض ويعيش مآسي الكون كلّها، لكنه لا يستطيع أن يرسم على وجهه ابتسامة واحدة.

حاولت شامة كثيرًا أن تنتشل لبنى من بئر ضياعها، لكنها يئست أخيرًا، ولم يعد يهمّها سوى شيء واحد هو ألّا تُستغلّ أو تتعرض لسوء.

***

حكاية لبنى كانت العذاب اليومي الذي تعانيه منار، وقد بدأت تحسّ بأن كل شيء ممكن هنا، وأنها قد لا تخرج قبل أن تموت. وفي لحظة غامضة تسرّب إليها خوف لم تكن تعتقد أنه سيلمس قلبها في أيّ يوم من الأيام: كيف ستتصرّف حين يأتون لأخذ مولودها منها؟

لم تكن قد فكّرت حتى تلك اللحظة في ذلك، كانت تحسّ أنها تحمل شيئًا ما في بطنها لا يمتّ للحياة بصِلة، شيئًا جامدًا لا حياة فيه، عليها أن تحمله مضطرة تسعة أشهر كجزء من عقابها، ثم تلفظه بعيدًا عنها، دون أن تشعر بالنّدم. لكن لبنى أيقظت فيها شيئًا آخر تمامًا، ووعد شامة بأن تقول لها كلّ شيء عن حياتها بعد أن ترى الطفل بين يديها أيقظ شيئًا آخر.

من أجله ستُمنح للمرّة الأولى شيئًا تحبه!

ومنذ تلك اللحظة غدت منار عرضة لعذاب لم تتخيّل يومًا أنها ستعانيه.

12

مرور أيّ فرد من أفراد العائلة في الشارع، أصبح بمثابة حفْلة تعـذيب جهنّمية له، في الوقت الذي بدأ الجيران يرون في الرّاية السـوداء نـذير شـؤم مقيم.

مساحة الحرية التي كانت متاحة لفتيات الحارة تقلَّصتْ؛ إذ لم يعـد مـن السّهل عليهن التحرّك أو الغياب طويلًا عن منازلهن، وغـدا هبـوط الليـل قبل عودتهنَّ جرسًا ينذر بفضيحة أخرى! وهكـذا، رأيـن في الرّايـة سـجنًا يتفلَّتُ وإصبع اتهام لا يكفّ عن الوعيد.

أما أمين، فقد بات يطفئ أنوار السيارة عند اقترابه مـن الـشارع في آخـر الليل، ولو كان باستطاعته أن يوقفها بعيدًا ويمشي إلى البيت، لكـان فعـل ذلك، لكن السير في الشارع كان يحيله إلى فريـسة سـهلة لأعـين الـشبابيك والشرفات المترصّدة المنطلقة نظراتها نحوه كالسهام.

أما الأسوأ من ذلك كلّه، فهو الخبر الذي زفته إليه تمام، حـين أخبرتـه في ذلك الصباح الممطر، بأنها حامل.

انقبض، ونظر إليها كما لو أنها ارتكبت إثمًا ولطَّخت شرَفـه، إلى ذلـك الحدّ الذي أحسّ معه بأنه ليس الأب!

خرج من البيت، وانطلقَ بعيدًا، ولم يعد إلّا بعد أربعة أيام.

كان أول شيء قاله لها: "إلى أن تلدي، لا أريدك أن تتجاوزي عتبة البيت أبدًا، حتى لو كنت ميتة"!

أومأت تمام برأسها مذعنة. وقد شعرت فجأة بأنّ مرور أيّ واحدة تنتمي لأسرة أبو الأمين في الشارع حبلى، سيعيد القصّة من جديد إلى بداياتها، حتى لو كان زوجها يسير إلى جانبها!

في الدّاخل جلست في انتظار نهاية لهذا كلّه!

❈❈❈

وقفت تمام أمام المرآة، وهيّأ إليها، أن أمامها أسابيع قليلة يمكن أن تخرج خلالها من البيت، دون أن ينتبه إنسان لتكوّر بطنها.

ولم تتأخر.

بمجرد أن سمعتْ صوت محرّك سيارة السوبارو يتلاشى مبتعدًا، ارتدَتْ ملابسها، وانسلَّتْ خارجة؛ تلفَّتت حولها، وبمجرد أن خرجتْ من ذلك الشارع الضيّق أحسّت بالعالم يتّسع فجأة وأنها حرّة.

❈❈❈

سمعتْ منار اسمها في مكبِّر الصوت، تلفَّتتْ حول نفسها باحثة عن أي فتاة أخرى اسمها منار يمكن أن تكون دخلتْ المهجع بغير عِلمها، وحين رأت النساء والفتيات ينظرن إليها، استغربت الأمر أكثر.

وعاد اسمها يتردَّد في مكبر الصوت ثانية، فقالت لها شامة: "ما الذي حدث لك؟! انهضي لتري من جاء يزورك"!

نهضتْ منار مرتبكة، نظرتْ إلى بطنها المنتفخ، وهالها أن حجمه قد غدا كبيرًا إلى تلك الدّرجة.

سارت عدّة خطوات، وضعتْ يديها على بطنها تخفيه؛ قالت لها شامة: "عودي إلينا بخبر جميل"!

207

في الطريق إلى شبك الزّيارة، حضر وجه أمها، وما لبث أن تلاشى، حضر وجه أبيها، وتلاشى مثله، حضر وجه نبيلة، واختفى، وحضر وجه أنور.

لم تشكّ لحظة في أن أنور هو الذي سيكون هناك؛ وهكذا، راحت عيناها تبحثان بين وجوه الزّائرين عن وجه واحد هو وجهه، وحين اصطدمتْ عيناها بوجه تمام، واصلت البحث، قبل أن تدرك أن تمام هي الزّائرة.

وقت طويل مرّ قبل أن تعي ما يدور، حتى بعد أن بدأت تمام تشير إليها بيدها، لتقول لها إنها هنا. ووقفت منار أمام تمام باحثة عما تقوله؛ ولم تعرف تمام من أين تبدأ. نظرت إلى بطن منار، ولأول مرّة شعرت منار بأنها ليست مضطرّة لستره بيديها العاريتين. وفي لحظة خاطفة تبدّلت الأدوار، سألتها منار عن أهلها واحدًا واحدًا، وحين وصلت إلى اسم أمين سألتها: "وما هي أخبار زوجكِ"؟"!

"بخير"! ردّت تمام. ثم أشارت إلى بطنها وقالت إنها حامل، وصمتت لحظة قبل أن تضيف: "في شهري الثاني"!

"مبروك"، قالت لها منار، وقاومت نفسها كثيرًا قبل أن تسأل ذلك السؤال الصعب: "هل تعتقدين أنني سأخرج من هنا قريبًا"؟"! عند ذلك بكت تمام: "لم تزل الراية السوداء فوق الباب"!

✳✳✳

عادت منار إلى المهجع أكثر خوفًا وحزنًا من تلك اللحظة التي غادرته فيه. ظلّت تسير إلى أن وصلت شامة؛ جلست إلى جانبها على طرف السرير.

"أخبار سيئة"؟ سألتها شامة.

"أخبار سيئة"! أجابت منار.

208

❋❋❋

لم يعرف أمين بخروج زوجته، لكن تمام التي عادت من هناك أكثر خوفًا على منار، تحاشت طوال أسبوع النّظر في عينيه. كانت خائفة، وعلى يقين من أنه سيعرف ما قامت به لو أنها نظرت إليه، لو أنه نظر إليها؛ لكن أمين كان في مكان آخر.

❋❋❋

لم يستمر الوضع على حاله فيما يتعلق بعوائد عمل السوبارو، فبعد أسبوع من حضور الشرطة وأخذها لمنار، دخل أمين بيتهم، صامتًا كالعادة، جلس أمام أبيه، نهضتْ أمه لتعدّ الشّاي. وضع أمين مبلغًا من المال فوق الطاولة الخشبية الموجودة بجانب كرسي أبيه، نظر أبو الأمين للمبلغ، ولم يقل شيئًا.

خرج أمين.

هبت ريح خفيفة أطارتْ الأوراق النقدية، فراح أبو الأمين يتأملّها وقد وصل بعضها إلى جذع شجرة التين. خرجتْ أم الأمين من المطبخ، ولم يكن لها إلّا أن تلاحظ تلك الأوراق.

نظرت إلى أبو الأمين، كانت عيناه تتابعان تلك الأوراق بلا اكتراث. انحنت، بدأت تجمعها، لم تر تلك التي وصلت جذع التينة، ولم يقل لها أبو الأمين: إنها هناك.

13

الشيء الذي لن يستوعبه البشر أبدًا، تلك السّرعة التي يمرّ فيها الوقت، صحيح أن هناك لحظات يحسّ المرء بأنها أطول من عمر، لكنها ومع ما يجاورها من لحظات تتحوّل في النهاية إلى نهر من زمن يجري جارفًا كلَّ ما حولهم من أحبة، وجارفًا أعمارهم أيضًا.

تأمّلت شامة الزّمن الذي يفصلها عن أول يوم دخلتْ فيه السجن، همستْ لنفسها: "كأنه الأمس"! وكم حيّرها هذا، وهي تحدّق في منار التي باتت محط أنظار كلِّ السّجينات في شهر حمْلها الأخير.

بدأت النصائح تنهال عليها: يجب أن تسيري كل يوم ساعة على الأقل؛ يجب أن تأكلي جيدًا؛ وباتت كثيرات منهن يمنحنها أفضل ما في حصصهنَّ من طعام.

"لا نريد ولدًا ضعيفًا تأكل القطة عشاءه! نريده قويًا، وجميلًا مثل أمّه"! قالت وداد، وقد تحوَّلت إلى أمٍّ ثانية لمنار.

أما لُبنى فقد راحت تسير إلى جانبها طوال الوقت تشجّعها، وحين تتعب منار تقول لها لبنى: "ما هذا الكلام يا منار؟ حتى أنا لم أتعب بعد"!

في الساحة الخارجية تسير معها تشجّعها، وفي داخل المهجع تطلب منها أن تنهض وهي تقول لها بفرح: "ما رأيـك أن نـذهب معًا في مـشوار"؟! كانت لبنى تتحدّث بحماس، كما أنها ستخرج بها للتَّنزّه في حديقة قصر.

تنهض منار، وتبدآن مـشوارهما إلى أن تتوقّف منار منهكـة، وفي تلك اللحظة ترجوها لبنى: "خطوة واحدة من أجلي"! وعندما تخطوها منار، تقول لها: "خطوة أخرى أيضًا"! إلى أن توصلها للسرير، وعنـدها تـصيح لبنى بفرح كما لو أن بطلتها الأولمبية فازت في سباق العشرة آلاف متر!

✳✳✳

في آخر تلك الليلة من شهر أيار، أطلقتْ منار صرخة صغيرة ضاعت في فضاء المهجع، وبعد أقلّ من دقيقة أطلقتْ صرخة أعلى. نظرت حولها، كنَّ جميعا نائمات. لكن ذلك لم يدم طويلًا؛ كانت الصَّرخة الثالثة كفيلـة بإيقاظ الجميع.

أزاحت وداد أملْ بعيدًا عنها وقفزت من السّرير لتسبق شامة التـي تنـام في السرير الواقع فوق سرير منار. ألقت لُبنى نظرة، وقبـل أن يطلـب منهـا شيء، طارت نحو باب المهجع تطرُقه بعنف، تلاحقها صرخات منار وآلام مخاضها.

بعد خمس دقائق، لم تكن أيّ من السجّانات قد حضرت.

عادت لبنى تركض نحو منار، ألقتْ نظرة مـن فـوق الأكتـاف، فرأتهـا هناك تتلوّى؛ عرقها يتفصّد وعيناها مشرعتان علـى لحظـة غامـضة خارج السّجن وأسواره، خارج هذا العالم بأكمله.

عادت لبنى إلى الباب وطرقتْهُ دون جدوى.

211

التفتتْ شامة للسجينات وطلبتْ منهنَّ أن يبتعـدن: "سـبق أن ولَّـدْتُ ابنتي بنفسي"! قالت ذلك أمام دهشة الأخريات، حتى منار التـي سـمعتْ كلَّ حرف من تلك الجملة رغم عاصفة آلامها.

❋❋❋

زغردتْ وداد: "إنه ولد"! فملأت فضاء المهجع الزّغاريـد. احتـضنت شامة الولد، تأمّلته بالتياع، ونسيته بين يديها إلى أن سمعت منار تطلب منها أن تراه. برفق انحنتْ وناولتها إياه، طفلًا باكيًا مغمورًا بالدّم.

ألقت لبنى نظرة عليه ثم بدأت تتقافز وهي تغني:

"من كم ليلة من كم يوم

واحنا بنستنى ها اليوم

شمع الفرح علينا منوّر

نسينا م الفرحة النوم

من كام ليلة من كم يوم

واحنا بنستنى ها اليوم!

وهنّ يرددن وراءها، إلى أن أطلَّ الصباح.

وفجأة، وقبل أن تبلغ الشمس ضحاها، هبط الليل!

14

كانت منار تبكي بحرقة، ولبنى كذلك، شـامة تربّـت عـلى ظهـر منـار، تهدهدها كبنت صغيرة، ووداد تذرع المهجع كما لو أنها تنتظر تلك اللحظـة التي سيستدعونها فيها لحبل المشنقة!

لعنات مكتومة، أخرى طليقة، ولعنات ماجنة تجاورت مـع الـدّعوات. كـان الغـضب قـد سـكن البـشر والحيطـان والأسـرّة والأغطيـة، السّـقف والأرضية المبلّطة، والشبابيك الصغيرة العالية التي لا تطلّ عـلى أرض أو سماء.

لكن الشيء الوحيد الذي اختفى تمامًا هو بكاء ذلك الطفل.

صاحتْ منار: "أريد ابني"!

ربَّتتْ شامة على كتفها، احتضنتها بقوة أكبر، فتعالى نشيج منار.

كل من السجن كنّ يعرفن، أن وصـولها لابنهـا مـن جديـد، يحتـاج إلى معجزة، وليس أقل من ذلك، فقِلَّةٌ هنَّ اللواتي ابتسم الحـظُّ لهـنَّ فـاجتمعن بأبنائهن بعد أن تمَّ أخذهم لمراكز الرّعاية الخاصة.

لم يكن في مخيّلتها أنها ستتزوج من يونس في أي يـوم مـن الأيـام، ليعـود ابنها إليها، ولم يكن مسموحًا لها أن تحمله وتمضي بـه إلى أيّ مكـان، أو أن تتزوّج من رجل يقبل بوجوده معها تحت سقف واحد... أو ...

❋❋❋

بعد ليلتين قاسيتين، هدّ الإنهاك فيهما كلَّ مـن في المهجـع، كانـت شامة تحتضن منار بكل ما في الأرض من حنان، وتهمس لها: "احمدي الله أنه ولِدَ حيًّا وسيعيش"!

حاولت منار أن تقول شيئًا، لكنهـا لم تـستطع، فـداهمتها موجـة بكـاء جديدة.

"كنت وعدتكِ أن أقول لك ما الذي أتي بي إلى السـجن، بعـد أن أحمِـل ابنك بين يدَي، أليس كذلك"؟

هزّت منار رأسها الملقى على صدر شامة.

" يا ابنتي، من يرى مصائب الناس تهنْ عليه مصيبته، ألا يقولون ذلك دائمًا؟! ولكن، لا أريد أن أخدعك، فأنا أعرف أن كلَّ المصائب كبيرة ما دام اسمها مصائب"!

❋❋❋

حدَّثتها شامة عن ابنتها الشابة التي فوجئت بها ذات يـوم تصيح ألمـا، وحين قالت لها إنها ستمضي بها للطبيب، راحت البنت ترجوهـا ألّا تفعل ذلك، لكن الألم كان يتصاعد أكثر فأكثر، وبعد نصف ساعة وجدتْ شامة نفسها مع تلك الكارثة التي لم تتوقّع أن تدخل بيتها يومًا:

كانت ابنتها في حالة وضْع!

دارت الدنيا بها، ودارت، كيف لم تلاحظ؟ هل كانت عمياء؟ كيف لم يلاحظ والدها؟ أخوتها، جيرانها؟ جُنَّت، كما لو أن البنت حملت ليلة أمس وستلد بعد عصر ذلك اليوم!

تلفَّتتْ حولها، أحسَّت بأن العالم كلّه يحـدّق فيهـا، ويتابع معهـا صراخ ابنتها. أغلقتِ الأبوابَ، الشبابيك، ضربت رأسها بالحائط، صرخت مع

ابنتها، شتمتْ، رفعتْ الدعوات للسماء، ارتعبتْ وهي تتوقّع عودة أبنائها وزوجها في أيّ لحظة: "سيذبحونها"! كانت تردِّد في داخلها غير قادرة على فعل شيء، وفي لحظة لا تشبهها أيّ لحظة أبدًا، قرّرتْ شامة أن تقوم بما عليها القيام به، أن تساعد ابنتها لكي تلد، تحرّكتْ، دارتْ في البيت اصطدمتْ بكلِّ ما هو موجود فيه.

لم يعد الضوء كافيًا لرؤية شيء.

ما لا تعرفه شامة هو: كيف انتبهتْ أخيرًا فإذا بمولودة صغيرة تصرخ بين يديها. وضعتْ المولودة جانبًا، ساعدتْ ابنتها على النهوض، جمعتْ الملابس والأغطية المغطاة بالدم، زجّتها في كيس بلاستيكي أسود كبير، دارتْ حول نفسها، لم تجد مكانًا تضع فيه الكيس غير خزانة الملابس. وتصاعد بكاء المولودة أكثر، وهيِّئ إليها أنها تسمع خطوات زوجها وأولادها تقترب، جنّت: "سيذبحونها"! وواصلت المولودة بكاءها، وسمعتْ الخطوات تقترب أكثر فأكثر؛ نهضتْ، حدّقت في وجه الصغيرة الدامي برعب، وضعتْ يدها على فمها، وخنقتْها. رأتها ابنتها تفعل ذلك، فصرخت بدورها، التفتتْ إليها شامة كما لو أنها الضحيّة التالية، فاستدارت نحو الحائط مغلقة أذنيها؛ لفّت شامةُ المولودة في غطاء، رفعتْ ذلك الكيس البلاستيكي ووضعتْ جثتها الصغيرة تحته؛ وكانت الخطوات تقترب أكثر فأكثر، لكن زوجها وأبناءها لم يصلوا؛ انتظرتْ، ولم يكن هناك سوى وقع الخطى المتصاعد القادم من كلّ الجهات، ولم تعد قادرة على البقاء في الداخل لحظة واحدة، أشرعت الباب وبدأت تصرخ بهم أن يبتعدوا، ولم يكن هناك أحد، غير الجيران الذين بدأوا بالتجمّع، والشرطة التي حضرت، سألوها: "ما الذي يحدث"؟ لم تجب. دخلوا، فتّشوا البيت، كانت ابنتها على السّرير، لمحوا آثار دم، فتشوا أكثر، أشرعوا الخزانة، فصرخت شامة مذعورة كما لو أنها فوجئت بوجود قتيل في بيتها.

لم تُقْتَل ابنتها، أخذتها الشرطة، ومضت فيها إلى مكان لم يعرفه أحد، وانتهت شامة سجينة.

❋❋❋

"تصوري، لو أنَّ أحد أخوتها دخل وقتلها وهي تلد لخرج من السّجن بعد ستة أشهر ربما؛ ولكن كما ترين، عليَّ أن أمضي في هذا السجن سبع سنوات ونصف سنة".

بعينين جافتين وفم أكثر جفافًا قالت شامة لمنار كلَّ شيء، واحتضنتْها كما لو أنها تريد أن تدخلها إلى أعمق نقطة في صدرها، وهي تهذي: "ولكنني لا أخشى شيئًا أكثر من أن أتركك ورائي، بعد أن عثرت عليك"!

لكن ذلك لم يحدث، فقد وجدت منار نفسها خارج أبواب السجن، قبل خروج شامة، وبسرعة لم تتصوّرها!

216

15

في التاسعة وأربعين دقيقـة مـن صبـاح السـبت، وصلـت طـائـرة عبـد الرؤوف القادمـة مـن دبي، ومعـه امرأتـه، وولـدان في الثالثـة والثانيـة مـن عمريهما.

اتصل به أمين وقال له إن أمك في حالة خطرة، وحين وصل وجـد أمـه تنتظره في المطار، نظر إليهم باحثًا عن معنى لما يدور، احتضنته أمـه بـشوق، وحين رأت ولديه نسيته تمامًا، فاندفعتْ نحوهما ناسية كلّ عذاباتها.

عانقه أمين، وأنور الذي أمسك بيد الحقيبة السوداء لأخيه العائـد وراح يجرها.

كانت المفاجأة الكبيرة هي رؤية أبيه فوق ذلك الكرسي المتحرّك، بحيث داهمه حسّ بأن أباه هو الذي في خطر، وحين أبصر عمّه سالم واثنين آخرين من أعمامه، لم يعد يفهم شيئًا.

لكنهم طمأنوه: "الوالد بخير، يحتـاج إلى عمليـة جراحيّـة، وسـيجريها قريبا"! قال أمين، وأضاف عمّه سالم، شبه مبتسم: "مشاكل الـشّيخوخة التي لا مهرب منها "!

✳✳✳

حشروا أنفسهم في سيارة أمين وأخرى استأجروها، وانطلقوا.

بعد عبارات التهنئة بالسلامة، وأسئلة عابرة عن حياته وحياة أسرته في دبي، انتشر الصمت من جديد، ثقيلًا.

في سيارة أمين صعدتْ الأم وزوجة عبد الرؤوف وعبد الرؤوف وولداهما وأنور.

"لا تقولوا لي أنكم أحضرتموني إلى هنا لأن أبي يعاني من آلام في الظَّهـر! أين منار"؟!

"منار في البيت، فكما ترى، كان من الصعب أن نأتي كلّنا"! أجاب أمين.

وعاد الصمت من جديد.

لم يكن أيّ منهم قد فكر بعبد الرؤوف، كانوا يعتبرونه خارج المعادلة تمامًا، الابن الذي ابتعد دون أن يلقي نظرة واحدة على من خلْفه.

"أرجو أن يكون سبب قدومي خيرًا، أتعلمون كم دفعنا ثمنًا لتذاكر السّفر حتى نصل إلى هنا"؟!

"كم دفعتم"؟ سأله أمين وهو يفكر شارد الذهن.

"كثير، كثير جدًا"! قال عبد الرؤوف.

بعد نصف ساعة من انطلاقهما، صاح عبد الرؤوف وهو يتأمّل جانبي الشارع: "لم أكن أعرف أن البلد تغيّرت إلى هذا الحدّ، هل من المعقول أن يحدث هذا في سنوات قليلة"؟!

"على الأقل! أصبح لدينا شيء يمكن أن تعود إليه وتفاجأ به! كنا نظن أنك بعد أن ترى دُبي، لن تستطيع النّظر إلى هذه البلاد أبدًا"!

"كيف تقول كلامًا كهذا، كلّ ما في الأمر أنني فوجئتُ فعلًا"!

"لكن نريدك أن تسامحنا، على شيء واحد"!

"وما هو"؟

"هذه السيارة العتيقة التي حشرناكم فيها"!

"ربما لن تصدِّقني، ولكني أحنُّ أحيانًا لمثل هذه السيارات! تعـرف، لا وجود لها أبدًا، هناك، في شوارع دُبي"!

"أعرف ذلك فأنا أتابع قناة دبي الفضائية وقناة أبو ظبي أيضًا"!

بعد قليل بـدأت حُمّـى الازدحـام، الأبـواق منطلقـة تتعـارك في الهـواء، واللعنات تتصاعد بين حين وآخر، وسائق سيارة دفع رباعية يرسل أضواءه العالية في موجات متلاحقة كما لو أنه يريد أن يسبق الجميع إلى الجحيم!

صاح عبد الرؤوف وهو يرى سيارة تخرج من شـارع جـانبي مثـل ثـور هائج: "انتبه"!

ألقى أمين نظرة على السائق وأوشك أن يطلق سيلًا من الشَّتائم المقذعة، ولكنه تذكر في اللحظة الأخيرة أن العائلة معه.

****

كانوا قد جهّزوا لعبد الرؤوف وأسرته الغرفة التي كانت ذات يوم لأنور وأمين وله، وما إن دخلوا العتبة حتى راح يبحث عن منار.

التفتَ إليهم وسأل: "أين منار"؟!

دار حول نفسه باحثًا عنهـا مـن جديـد، وحين أبصـر الرّايـة السـوداء المرفوعة فوق الباب، سأل: "ولماذا تضعون راية سوداء"؟!

تبرّع عمه سالم وأجاب: "منار بخير، وهذه الرّايـة، مثـل رايـات كثيرة غيرها رفعها الناس حداد على أرواح شهداء غزة! بعضهم أنزل الرايـات، وبقيت هذه كما ترى، ألم ترفعوا الرّايات السّوداء هنـاك في الإمارات، كـما رفعها الناس في العالم كلّه"؟!

"هناك أوقدوا الشّموع على ما أظن"! أجاب عبد الرؤوف.

****

طلبوا منه أن يستريح قليلًا، فالسفر، لا بدَّ، كان مُتعِبًا، وأخبروه بـأنهم سيسبقونه إلى بيت العمّ سالم، وطلبوا من أمين أن يُحضره بعد أن يرتاح.

أمرٌ ما غريب كان يحيِّر عبد الرؤوف، وازدادت حيرته عندما رأى أنـور يدخل غرفة منار ويُغلق الباب على نفسه.

بعد أقلَّ من نصف ساعة طرق أمين الباب: "أنا في الانتظار"!

نظر عبد الرؤوف إلى ساعته، أحسَّ بأن هنـاك أمرًا يقلقهـم ويفقدهم صبرهم، تساءل: "ولكن ما هو"؟ ولم يجد جوابًا.

صامتَين سارا نحو بيت العمّ سالم الذي يقع في الشارع الخلفيّ الموازي لشارعهم. سأل عبد الرؤوف، ما إن غادروا باب البيت: "ولكن لَم يأت أنور"؟!

"وما الذي يمكن أن يفعله ولد صغير مثل أنور إن أتى"؟!

✻✻✻

فوجئ عبد الرؤوف حين وصل العتبة ورأى كـلَّ تلـك الأحـذيـة التـي خلعها أصحابها أمام الباب. خلـع حـذاءه، وحـين ألقـى السَّلام، فـوجئ بذلك العدد الكبير من أفراد العائلة مجتمعين هناك، عانقه أعمامه وأولادهم؛ أولاد أعمامه الذين كـبروا في الأعـوام القليلـة الماضية بحيث تعـذر عليه معرفتهم تمامًا.

أفسح له عمه سالم مكانًا إلى جانبه، ودعاه إلى الجلوس.

عمَّ الصَّمت ثانية، كلَّ العيون تنظر صوب سالم الذي كان يقـوم بمقـام كبير العائلة منذ وفاة والده.

حدّق سالم طويلًا في وجه ابن أخيه العائد ثم بـدأ يتحـدّث، في الوقـت الذي راح فيه عبد الرؤوف يغوص في الأرض، غير قادر على أن يتخيّل أن أمرًا كهذا يمكن أن يحدث لأخته.

220

"لقد فكرنا طويلا، ووجدنا أن الحلَّ الذي يريح الجميع، ويريح أختك هو في يدك، ولذا طلبنا منك أن تحضر بسرعة إلى هنا، فما رأيك"؟ قال سالم مختتمًا كلامه.

"أنا تحت تصرفكم"! ردّ وهو يتصفّح وجوه من في الغرفة بارتباك.

"هذا ما توقّعه الجميع من رجل مثلك"! وأضاف: "كل ما نريده منك هو أن تذهب إلى السّلطات وتتعهّد بأنك ستأخذها معك إلى دبي. نعرف أن الأمر ليس سهلًا، فأنت تحتاج إلى معاملات طويلة عريضة كي تأخذها معك، ولكننا لا نظنّ أن منار ستثقل عليك، فهي تخرّجت من الجامعة، ويمكنها أن تعمل هناك، وربما يرزقها الله بابن حلال يتزوجها ويستر عليها. نحن لم نعد يا عمّ قادرين على احتمال كلام الناس ونظراتهم، فما حدث، كما تعرف، أصاب كلَّ واحد من هؤلاء الذين حولك في صميم شرفه، ولا نريد أن يقول الناس إنها فوق ذلك نزيلة سجون، أنت فاهمني، أليس كذلك"؟!

هزَّ عبد الرؤوف رأسه.

"ثم إننا لا نريد أن يفور دم واحدٍ من أخوتك، أو أولاد عمّك، إذا ما رآها هنا، فيقتلها، فندمَّر بذلك مستقبله! لقد تشاورنا، ووجدنا أنْ ليس لنا في الحقيقة أحد غيرك، كما قلت، يخرجنا من هذا الذي نحن فيه"! وصمت قليلًا ثم قال: "ولكن هناك شيئًا أخيرًا نريدك أن تعرفه، وهو أننا لن نجبرك على ذلك إن لم تكن مقتنعًا"!

"أنا مقتنع"! قال عبد الرؤوف.

" سمعتُها، ولكن لا بد أن يسمعها أخوك وأبوك وأعمامك وأولاد أعمامك"!

"أنا مقتنع"! أعاد عبد الرؤوف.

"لا نريد أن نُضيِّع الوقت إذن، فنحن نعرف أن وراءك عمـل، كـما أن إجراءات إخراجها من السجن طويلة وليست سهلة، فلتبدأ مـن صباح الغد، ولا تنس أن تقول لهم إنك ستأخذها معـك، فـاهمني؟ قلوبنا معك وتتمّنى لك التّوفيق"؟

حين هيَّ لعبد الرؤوف أن الكلام انتهى، أضاف عمه: "سيطلبون منك اسم شخص من خارج العائلة ليكفل منار، كي يُخرجوهـا، لا تقلـق بهـذا الشأن، فهناك رجل محترم نعرفه سيكفلها، سيسلِّمونها لـه، ثـم بعد أيام يسلِّمها لك، وينتهي كلّ شيء، فاهمني"؟!

❋❋❋

لم يكن صعبًا على سالم العثور على الشّخص المطلوب.

انطلق الكفيل، رجل على مشارف السبعين من عمره، يرتدي لباسًا يليق بمناسبة عليه أن يكون فيها مُقنعًا كي تطمئنّ السُّلطة وتسلّمه منار؛ عباءتـه ترفّ خلْفه، وغطاء رأسه يشعُّ نظافـة. أوصـله عبـد الـرؤوف بالـسيارة السياحية التي استأجرها، وجلس ينتظره على بعد بنايتين.

بعد ساعتين، لاحت عباءة الكفيل ترفّ، خارجًا مـن مبنى المحافظـة، فانطلق عبد الرؤوف ليقلّه قبل أن يهبط الدَّرجة الأخيرة.

سأله عبد الرؤوف: "كيف سارت الأمور"؟!

"اطمئن، غدًا يحضرونها من الـسجن إلى المحافظـة، فآخـذها إلى بيتي معزَّزة مكرَّمة كواحدة من بناتي، ثم تأتي أنت، ولا أحد غيرك، مـا أن تُنهي معاملات سفرها، تتسلَّمها مني، وإلى المطار مباشرة"!

222

16

لم تكن فتيات ونساء المهجـع فرحـات كـما كـنّ في تلـك الليلـة، غنَّين ورقصن حتى السَّاعات الأخيرة من الصباح، ولسبب ما، لم تطلب أي مـن السـجّانات منهنّ، كـما يـحـدث عـادة، أن يغلقـن أفـواههنّ ويلتجـئن إلى فراشهن.

تلك الليلة رقصتْ وداد كما لم ترقص فتاة بنصف عمرها، رقصت لبنى وعتاب، وغنَّتْ شامة أغان شعبية شجيّة، ففوجئن بصوت ساحر لا مثيـل له.

أمل نهضتْ، سحبتْ منار مـن يـدها، وجرَّتهـا نحـو منتـصف الحلْقـة؛ تمنَّعت منار، ولكـن أمـل شـدَّت شالها على خصرها، وقالت لهـا وهي تضحك: "دعينا نرى كيف ترقص اليابانيات"!

تردَّدت، فقالت لها أمل: "سأرقص معك"! وبدأت ترقص.

لم تعرف منار أيّ عضو من أعضاء جسدها ذاك الذي يـجـب أن يتحـرّك أوّلًا، لكي يبدأ الرَّقص، أيّ رقص؛ اهتزَّت كلّها في البداية، من جبينهـا إلى أخمصي قدميها، فبدت أشبه ببطة تسير ببطء وهي تُلقي بين لحظـة وأخـرى نظرة إلى طابور فراخها الذي يتبعها؛ ضحكت الفتيات والنساء، وانقلبـت عتاب رافعة قدميها في الهواء في موجة من هستيريا الضّحك.

"ليس هكذا"! قالت لها أمل، وأمسكتْها من خصرها، وطلبت منها أن تنظر إليها وهي ترقص.

تابعت منار حركات أمل، ووسط تشجيع لا مثيل له، وبهجة غمرتْ كل مَن في المهجع، بدأت منار ترقص.

وكم فاجأهن، أنها استغرقت في الرّقص، بحيث لم تنتبه لانسحاب أمل.

رقصتْ كما لو أنها لا تتقن في هـذا العـالم سوى الـرّقص، دارت حـول نفسها، هبطتْ وصعدتْ وتثنّت، تركتْ يديها تحلّقان في الفضاء وتبتعدان كطيرين أبيضين، ولم يعد ثمة أرض تحت قدميها، وبعينين مغمضتين رأت العالم كلّه كما لم تره من قبل، تجمّعتْ وغدتْ أشبه بسهم، وانتشرت كما لو أنها سحابة، وبالهواء المندفع مـن حركـة جسدها مسَّتْ وجوههن برقّة فراشة. فوجئن بما يرينه؛ توقّفتْ أيـديهن عـن التّصفيق دون أن ينتـبهن، وتلاشى الغناء، فعمّ الصّمت ولم يبق هناك سوى جسد منار الصغير الـذي كان يُصفّق لنفسه، ويغنّي لنفسه، وتتدفّق شـلالات الموسيقى منه غامرة المهجع ومن فيه، والعالم بأكمله.

حين فتحتْ عينيها، فوجئتْ أنهـا موجـودة في ذلك المكان، فوجئـتْ بالوجوه وبالجدران، بالأسِرَّة، بالبكاء، وبالنوافذ الصغيرة العالية، وبالباب الحديدي، والعيون التي تحدّق فيها غير مصدّقة ما تراه.

ولم تكن أي واحدة منهن بعيـدة عـن ذلك الحسّ الـذي حلّـق بمنار وحلّقتْ به.

لحظات طويلة مرّت قبل أن ينهضن واحدة واحدة ويبدأن بمعانقتهـا، ويستجمِعن أنفسهن بأغنية تبدد ذلك الذهول، وكالعادة، عثرتْ وداد على تلك الأغنية:

اتمخـتري يا حلوة يا زينة

يا وردة جوا الجنينة

فبدأن يرددن وراءها، وتقدّمتْ أمل وحلَّت الشّال عـن خـصر منار وحوَّلته إلى ما يشبه الطَّرحة.

دُرْنَ فيها دورتين كعروس، قبل أن يوصلنها إلى سريرها.

✻✻✻

في آخر الليل، قالت لهـا شـامة بـصوت لا يـشبه ذلك الصـوت الـذي استمعن إليه يغني: "سأوصيك بشيء واحد يا ابنتي".

رفعت منار عينيها فكانتا ممتلئتين بالدّمع، وهزّت رأسها تشير لشامة أنها تسمعها.

تنهّدت شامة وقالت: "أريدك أن تنسي كلَّ شيء رأيتِه هنـا، كـلَّ شيء. هذه فرصة جاءتكِ مـن السّماء، اذهبـي، وعيشي حياتـك مـن جديد"، وصمتت قليلًا، ثم قالت وابتسامة شاحبة على شفتيها: "ولكن لا بـأس أن تتذكريني بين حين وآخر، فأنا بحاجة لهذا يا منار"!

احتضنتها منار، فبدت شامة وكأنها البنت الصغيرة ومنار أمها.

ومن بعيد، من أقصى العتمة، غنَّت امرأة بصوت غريب لم يسمعنْه مـن قبل، صوت شجي، عميق وساحر:

ليلةِ الوداع

طال السَّهر وقلَّ قلبي: إيه الخبر؟!

قلت الحبايب هجروني

✻✻✻

في ذلك الصباح،

نظرت منار خلفها، وقد هيء إليها أنها لم تزل تسمع أغنية (ليلة الوداع)، فصاحت شامة: "أنظري أمامك"!

225

رفعت نظرها إلى السماء، رأت الغيم يجري، الشّمس تظهر وتختفي، ثم تغيب خلف غيمة رمادية كبيرة.

***

في مبنى المحافظة كانوا في انتظارها هناك: الكفيل وعمها الأصغر راشد، وعبد الرؤوف الذي تقدّم مـن أختـه مرتبكـًا؛ لا يعـرف إن كـان عليـه أن يعانقها أم أن ذلك لا يجوز داخل مبنى المحافظة.

اكتفى بمصافحتها.

أما راشد، فلم يستطع أن يجد كلمة واحدة يقولـها وهـو يراهـا تحتـضن يديه تقبّلهما وهي تبكي وتتمتم بكلمات هاذية.

سحب يده اليمنى وربّت على رأسها، دون أن يتوقّف عـن التّحـديق في الحائط خلف طاولة الضابط.

تنحنح الضابط، وهو يطلب من الكفيل أن يتقدّم ويوقّع علـى الكفالـة التي يتعهّد فيها بحمايتها ورعايتها، إلى أن يُسلّمها إلى أخيها عبـد الرؤوف فور انتهائه من تحضير معاملات سفرها.

وقّع،

وبعد لحظات كانوا هناك في الخارج.

في الكرسي الخلْفي، صعدت منار أوّلًا، دون أن تتوقّف عن النظر في كلّ الاتجاهات، يملأها الرّعـب؛ ثم صعد عمّها راشد. أحسّت بـالكرسي الخلْفي يضيق فجـأة، نظرت إلى يـدي العمّ تـراقبهما، لكنـه كـان هادئًـا، ويتصرَّف بصورة طبيعية تمامًا، رغم ذلك الموقف المُحرج لرجل مثله.

بعد قليل كانت السيارة تبتعد.

نظرت منار خلْفها، لم تر ما يثير الشّك.

هدأت قليلًا.

226

استدار كفيلها، وقال لها: "الآن نستطيع أن نقول لك: الحمد لله على السلامة"! وابتسم بطيبة أعادتْ بعض الأمان إلى نفسها.

"ستكونين في حمايتي كما تعرفين، ولن يستطيع أحد أن يمسَّكِ بسوء، كوني على ثقة من هذا؛ ستكونين كواحدة من بناتي إلى أن يتمكن أخوك من ترتيب أمور سفرك معه"!

كانت تريد أن تقول له شكرًا، لكنها لم تستطع.

نظرت إلى عمّها، وكم فرِحتْ أنه كان ينظر إلى الخارج في تلك اللحظة.

17

امتدّت يد منار إلى حقيبتها السّوداء الصغيرة، أخرجتْ ورقة، وناولتها لذلك الرجل السبعيني - كفيلها، الذي أمضتْ عشرة أيام في حمايته.

"ما هذا، سألها الرجل"؟!

"رسالة لأهلي، أنت تعرف أنني لـن أستطيع وداعهـم، أرجـوك أن تُسلِّمهم إياها".

أمسك الرجـل بالرّسالة، نظـر إليهـا طـويلًا، ثـم وضعها في جيبـه: "اطمئني، سأوصلها إليهم بنفسي". وفي اللحظـة التي تحرَّكـت فيها السيارة، من أمام الباب؛ أقبل موكب عُرس من نهايـة الشارع؛ السّائقون يطلقون أبواق سياراتهم بتلك النّغمة التي باتت معروفة للجميـع، في حـين أخرج أحد أقارب العريس جسمه من الفتحـة العلويَّة للسـيارة الأولى في الموكب، يصور فيلمًا يؤرخ فيه تلك اللحظة الخاصة.

التفتَ عبد الرؤوف لمنار وابتسم: عقبالك"!

نظرت منار إليه وحاولت أن تبتسم، لكنها لم تستطع.

لم تكن منار جميلة كما كانت في ذلك اليوم، فقد أصرَّت ابنة الكفيل عـلى أن تأخذها إلى الصالون، إذ:

"لا يمكن أن تسافر إلى دُبي وتركب الطائرة دون أن تكون في أجمل مظهر"!

واصلت سيارات موكب العرس إطلاق أبواقها، وحين حاذت سيارة العروسين السيارة التي تستقلّها منار، انطلقت عدّة رصاصات في الهواء ابتهاجًا بالعرس، جعلتْها تلتصق بالمقعد الخلفي.

بين يديها اختفى رأسها.

***

انطلقت السيارة.

نظر عبد الرؤوف إلى ساعته، أخرج هاتفه واتصل بامرأته. وقبل أن يفتح فمه سألتْه: "أين أنتَ"؟!

"في الطريق"، أجاب.

"وأنتم"؟

"اقتربنا من المطار"، أجابت.

"لا تتأخر"!

"اطمئني، لدينا الآن ساعتان ونصف الساعة"!

"كيف منار"؟

"ممتازة، سترينها بعد قليل"! والتفت عبد الرؤوف إلى منار.

"سلِّم لي عليها"!

"ستوصلين لها السّلام بنفسك بعد نصف ساعة"؟

"رغم ذلك سلِّم لي عليها"!

"حاضر"، واستدار ثانية "أم العيال تهديك السّلام"! قال ضاحكًا.

ابتسمت منار، تلك الابتسامة التي عَلِقَ فيها الكثير من أحزان الشهور الماضية.

"ومنار تهديك السّلام"! قال لزوجته.

❊❊❊

قبل أن ينعطفوا في شارع فرعي، يوصلهم إلى شارع المطار، تلقّى مكالمة هاتفية، نظر للرّقم، عرفه: رقم أمين.

"طمّني"! قال أمين.

"كلّ شيء بخير"!

"أين وصلتم"؟

"لم نزل بعد في المدينة"!

"ولكن لدينا مشكلة كبيرة"!

"خير إن شاء الله"؟ سأل عبد الرؤوف.

"أمك يا سيدي، تبكي وتريد أن ترى منار، ولو للحظة، تقول، نظرة واحدة، ولو كانت من خلال نافذة السيارة، ستكفيها"!

"أنت تعرف أن هذا الأمر صعب، ثم إننا ستتأخر عن موعد الطائرة"!

"قلنا لها ذلك، ولكنّها لم تزل تبكي تريد رؤيتها"!

نظر عبد الرؤوف إلى ساعته.

"ما الذي يجري"؟ سألت منار.

"أمك يا ستي، تبكي، تريد أن تودّعك".

"دعني أتحدّث معها"، قالت منار.

"تريد أن تتحدّث مع الوالدة" قال عبد الرؤوف لأمين.

"الوالدة معها"!

لم يصل إلى أذن منار من الطرف الآخر إلّا عويل جارح أشبه بالنواح، وعبثًا حاولت منار استدراج أمّها لكي تقول كلمة واحدة.

230

"خذني إلى البيت"! قالت منار.

"ماذا تقولين"؟!

"خذني إلى البيت، لن أسامح نفسيَ إن لم أودعها"!

"كما تريدين"!

❋❋❋

بحث السّائق عن أول التفاف في الشارع، وعاد.

وبعد أقلَّ من عشر دقائق، دخلوا الحي باتجاه بيتهم.

قبل أن يصلوا، سمعوا سيارة تُطلق بوقها خلْفهم، لوهلة اعتقد السّائق أن هنالك من يستحثّه على الإسراع.

وبعد لحظات، انضمت سيارة أخرى مُطلقة بوقها أيضًا. حاول السّائق أن يفسح الطريق للسيارتين، وبعد لحظة أدرك أن السّائقين لا يريدان تجاوزه، وقبل أن يصلوا البيت لحقت بهم سيارة أخرى.

التفتتْ منار خلْفها، فلم تستطع تمييز وجه السائق، فكَّرت: "عرس في لحظة كهذه"! حزنت.

عندما دخلوا شارعهم الضيق، دخلت السيارات خلْفهم، السيارات التي لم تتوقَّف عن إطلاق أبواق الفرح.

كان لا بدّ للسيارة التي تقلُّهم من أن تتوقَّف ليترجّل منها عبد الرؤوف ويستدعي أمّه على عجل.

توقَّفت السيارة، دون أن يتوقَّف مهرجان الأبواق، وتوقّفت السيارات الثلاث خلفهم تمامًا، وأندفع من فيها نحو السيارة التي تقلَّ منار، في الوقت الذي أُشرعت فيه الشبابيك وامتلأت الشرفات بالظلال الباحثة عن سبب يدعو لكل هذا الضجيج الاحتفاليّ.

231

ترجّل عبد الرؤوف بسرعة، غير مدرك ما يدور، وقبل أن يطرق باب بيتهم، وجده يُشْرع، ووجد نفسه وجهًا لوجه مع عمه سالم، وعدد من أبناء أعمامه الذي أمسكوا به وجروه للداخل وهو يحاول الإفلات دون جدوى. فتحوا باب غرفة منار، دفعوه بقوة داخلها، ووقفوا أمام الباب يغلقونه بأجسادهم، في الوقت الذي خرج فيه عمّه سالم بسرعة، فتح باب السيارة وجرّ منار للخارج، وقذف بمبلغ من المال في وجه السائق وهو يقول له: "انصرف من هنا"!

انطلق السائق مبتعدًا يرتعد، وبدل أن يجرّ سالمٌ منار نحو البيت، دفعها بيده إلى منتصف الشارع. وقعتْ، أفلتتْ فردتا حذائها، وسقطت حقيبة يدها بعيدًا، لكن الرّعب الذي سكن عينيها لم يمنعها من رؤية تلك الراية السوداء تخفق فوق الباب. نهضت حافية، وقد أدركتْ أن حكم الإعدام عليها قد صدر.

أما في الداخل فقد وجد عبد الرؤوف نفسه وجها لوجه مع أخيه أنور، فراحا يطرقان الباب دون جدوى.

صاح عمّها سالم: "هي لك"! في اللحظة التي خرج فيها أمين وبيده مسدسه.

نظرتْ إليه يتقدّم نحوها، لكنها لم تتحرّك، أربكه هذا. كان يريدها أن تهرب، أن يلحق بها مُطلقًا عليها الرّصاص من الخلف؛ لكنّها لم تهرب. كان يريدها أن تبكي، تصرخ، تتوسّل؛ لكنها بقيت صامتة، عيناها تحدّقان في الداخل حيث عويل أمّها يأتيها مجبولًا برائحة الموت، وأبوها فوق كرسيّه المتحرّك غير قادر على أن يرفع عينيه لينظر إليها.

تقدّم أمين نحوها وضربها بكعب المسدس، تأرجحت قليلًا، ثم عادت تنظر إليه من جديد بصمت.

صرخ في وجهها: "اصرخي"!

لكنها لم تصرخ.

امتلأت الشّبابيك والشرفات بمئات الظلال المطلّة على الشارع، وحبس الصّمت أنفاس الجميع؛ ورأى أمين العيون كلها تحدق فيه، فيه هو بالذات.

عندها تراجع خطوتين وأطلق النار، وللحظة، أحسَّ بأنه لم يصبها، فهي لم تسقط، وأطلق النار ثانية وثالثة، فلم تسقط، فاندفع ووضع المسدس على جبينها؛ أغمض عينيه وأطلق النار، وحين سمع ارتطام جسدها بالأرض أشرعهما من جديد.

نظر حوله فلم يجد هناك سوى الصمت. الظلال تحوّلت إلى تماثيل، والعيون المحدّقة فيه إلى بحيرات من جليد، أما صرخات أمه فقد كانت تذرع الفضاء كطيور بلا أجنحة.

وجه مسدسه من جديد لجثة منار مُفرغًا الطَّلقات كلّها في جسدها، وحين انتهى الرّصاص راح يضغط على الزّناد مرّة تلو أخرى.

رفع أبو الأمين عينيه ونظر صوب الجسد السّاكن الغارق في بحيرة دم صغيرة.

على مقربة من قدميها كان هناك حذاؤها الأسود.

كانت منار تنظر إلى النجوم في السماء، قالت "أريد نجمة"

قال لها أبو الأمين، وقد أجلسها على ركبتيه "النجمة بعيدة".

قالت له "نركض إليها بسرعة... بسرعة".

فقال لها "لكنها عالية، لن نستطيع".

فقالت "نصعد على الكرسي، ونأخذها".

فقال "الكرسي لا يكفي".

فالتفتت إلى برميل في زاوية الحوش، وقالت "نصعد على البرميل".

فقال "إنها أعلى".

"إلى السطح" .

"إنها أعلى" .

"نضع البرميل فوق السطح" .

"إنها أعلى بكثير" .

قالت: "عندي فكرة"

"وما هي أيتها المفكرة؟"

قالت "أصنع جناحين وأطير"!

"فكرة معقولة" قال لها بفرح، وأضاف "اصنعي جناحين إذن. هل تريدين مساعدة"؟!

"لا" . قالت له بثقة، ثم قفزت عن ركبتيه، وراحت تحرك ذراعيها بتسارع، إلى أن أحست بأنهما تحوّلا إلى جناحين.

سألها "مستعدة أن تطيري"؟!

فأجابت "نعم، ولكن شلّحني الكندرة!"

نظر أبو الأمين إلى الأعلى يلاحق طيران ابنته، فاصطدمت عيناه بذلك البياض الغريب للرّاية البيضاء التي كان أخوه سالم يثبتها في تلك اللحظة فوق مظلّة الباب؛ الراية التي راحت تخفق وتخفق وتنثر بياضها المميت حاجبة وجوه كلّ أولئك الذين كانوا في المكان.

والدي العزيز
والدتي العزيزة
أخوي أمين وأنور والعائلة جميعها
السلام عليكم ورحمة الله وبركاته وألف تحية لكم ، متمنية أن
تكونوا بألف خير أيها الأصحاب .
تعرفون أنني كنت دائماً البنت الوفية الشريفة التي لم تعص لكم
أمراً ، وكانت مثال الصدق والوفاء لأهلها ، لن أنسى يا أبي أنك
وقفت إلى جانبي وحميتني من كل سوء ، لن أنسى تعبك ونشقاءك
وعملك الذي يصل الليل بالنهار كي تعلمني وتفتخر بي ، أنا ابنتك
وحبيبتك وقرة عينك ، أنت يا أبي وحبيبي وقرة عيني ، وأنت
يا أمي ، لقد كنتِ دائماً مثالاً للرحمة والحنان واللطف ، كم أتمنى
أن أقبل أياديكم وأركع تحت أرجلكم وأقول لكم سامحوني .
تعرفون أن كل شيء قد حدث رغماً عني ، وأنني لو خُيّرتُ بين الموت
وبين الإساءة لكم لاخترت الموت دون تردد
أمين يا أغلى أخ ، أيها الحاضر في فكري ووجداني
أنور يا قلبي ويا شقيق روحي ، إنني أجلس الآن وأفكر فيك ، لأذكرك
بالوعد الذي قطعته لي ، أن تدرس وتنجح ، لن أنساك ، وأنا واثقة
أنك بي وبغيري تستطيع أن تحقق المعجزات ، كم تمنيت أن أسير
الدرب إلى آخره معك ، ولكن كما ترى ، سأبتعد عنك مضطرة ، لكنني
سأعمل وأشقى وأتعب ، كما فعل أبي ، أنزه الناس وأطيبهم ، وكما
ربتنا أمي أعز الأمهات وأرقهن نشعوراً سأكون لك الأخت

التي ستنظر إليك من بعيد بقلبها وروحها ، و ستسير معك
المشوار حتى تحقق كل طموحك .

لقد عشت أياما قاسية أيها الأحباء ، لكن حبي لكم وشوقي للقائكم
كان السبب الوحيد لي لكي أتمسك بالحياة . تمنيت أن أكون
معكم ولو لحظة واحدة لا أكثر ، أفتح فيها عيني وأراكم أمامي ،
واحضنكم كلكم دفعة واحدة ، لقد تعبت كثيراً ، وفي ساعاتي
السوداء وليلي الطويل ، حين فقدت الأمل بأن أراكم تمنيت
الموت . كم أحسست أنني دونكم لا أساوى حتى قشرة
ليمونة . كم أنا بحاجة إليكم يا أحبتي ، كم أنا وحيدة وضائعة
في بُعدي عنكم .

أصبوني ولو قليلاً ، ولو في سركم ، فهذا الحب هو وحده الكفيل
بمسح هذه الدموع التي ذرفتها في السر والعلن ، في الليل
والنهار ، بسبب غدر الزمان .

ابنتكم المخلصة
منار
٢٠٠٩ - ١٠ - ١٠

الفهرس

إبــراهيم نصر الله

مواليد عمّان من أبوين فلسطينيين أقتلعا من أرضهما عام 1948
صـــدر له شعرًا (الطبعات الأولى):

الخيول على مشارف المدينة،1980. المطر في الداخل، 1982. الحوار الأخير قبل مقتل العصفور بدقائق، 1984. نعمان يسترد لونه، 1984. أناشيد الصباح، 1984. الفتى النهر والجنرال، 1987. عواصف القلب 1989. حطب أخضر، 1991. فضيحة الثعلب، 1993. الأعمال الشعرية- مجلد يضم تسعة دواوين، 1994. شرفات الخريف، 1996. كتاب الموت والموتى، 1997. بسم الأم والإبـــن، 1999. مـرايا الملائكـة،2001. حجرة الناي، 2007. لو أنني كنت مايسترو، 2008.

الروايـات: (الطبعات الأولى):

براري الحُمّى، 1985. الأمواج البرية، 1988. عَـوْ، 1990. مجرد 2 فقط، 1992. حارس المدينة الضائعة، 1998.

الملهاة الفلسطينية (الطبعات الأولى):

(كل رواية مستقلة تماما عن الأخرى)

طيور الحذر، 1996، طفل الممحاة، 2000، زيتون الشوارع، 2002، أعراس آمنة، تحت شمس الضحى، 2004، زمن الخيول البيضاء، 2007 – اللائحة القصيرة لجائزة البوكر العربية، 2009.

أما ترتيبها من حيث تناولها للتسلسل الزمني للقضية الفلسطينية:
زمن الخيول البيضاء، طفل الممحاة، طيور الحذر، زيتون الشوارع، أعراس آمنة، تحت شمس الضحى.

الشــرفات: (الطبعات الأولى):

(كل رواية مستقلة عن الأخرى)

شرفة الهذيان، 2005. شرفة رجل الثلج، 2009. شرفة العار، 2010

كــتب أخرى (الطبعات الأولى):

هزائم المنتصرين – السينما بين حرية الإبداع ومنطق السوق، 2000
ديـواني – شعر أحمد حلمي عبد الباقي. إعداد وتقديم، 2002
السيرة الطائرة: أقل من عدو، أكثر من صديق، 2006
صور الوجود ـ السينما تتأمل 2008

ترجم عدد من أعماله الروائية إلى الإنجليزية، الإيطالية، الدنماركية، التركية، ونشرت مختارات من قصائده بالإنجليزية، الإيطالية، الفرنسية، الألمانية، الإسبانية..

أقام ثلاثة معارض فوتوغرافية وشارك في معرض (كتّاب يرسمون) معرض مشترك لثلاثة كتّاب– عمان، 1993

نال سبع جوائز عن أعماله الشعرية والروائية من بينها:
جائزة عرار للشعر، 1991. جائزة تيسير سبول للرواية، 1994
جائزة سلـطان العـويس للشـعر العربي، 1997